古典文獻研究輯刊

十五編

曾永義 主編

第3冊

元代陸學與江西文壇
——以劉壎、李存爲研究中心（下）

劉建立 著

國家圖書館出版品預行編目資料

元代陸學與江西文壇——以劉壎、李存為研究中心（下）／劉
建立 著—初版—新北市：花木蘭文化出版社，2017〔民 106〕
目 4+142 面；19×26 公分
（古典文學研究輯刊　十五編；第 3 冊）
ISBN 978-986-404-895-3（精裝）
1.（元）劉壎 2.（元）李存 3.學術思想 4.文學評論
820.8　　　　　　　　　　　　　　　　　　　　106000803

ISBN-978-986-404-895-3

9 789864 048953

古典文學研究輯刊
十五編　第三冊　　　　　　　ISBN：978-986-404-895-3

元代陸學與江西文壇——以劉壎、李存爲研究中心（下）

作　　者　劉建立
主　　編　曾永義
總 編 輯　杜潔祥
副總編輯　楊嘉樂
編　　輯　許郁翎、王筑　美術編輯　陳逸婷
出　　版　花木蘭文化出版社
社　　長　高小娟
聯絡地址　235 新北市中和區中安街七二號十三樓
　　　　　電話：02-2923-1455／傳眞：02-2923-1452
網　　址　http://www.huamulan.tw 信箱 hml810518@gmail.com
印　　刷　普羅文化出版廣告事業
初　　版　2017 年 3 月
全書字數　270390 字
定　　價　十五編 18 冊（精裝）新台幣 32,000 元

元代陸學與江西文壇
——以劉壎、李存爲研究中心(下)

劉建立　著

目次

下　冊
下　編

下　編

第四章 李存與元代中後期的陸學

　　元代前期，劉壎對陸學的堅持與維護，促進了陸學的發展與傳播，不過元代陸學真正形成有規模的影響，卻出現在文治更為發達的中後期。隨著南人的持續北上，吳澄作為元代理學泰斗的地位不斷攀升，他與眾多弟子構成的「草廬學派」，大力提倡「朱陸合流」，成為元代思想界一股巨大的潮流。與此同時，雖然元代科舉尊崇朱學，卻仍有一些人熱衷陸學，其中最重要的兩位，一是浙東趙偕，一是江西陳苑，清人黃宗羲著《宋元學案》，特別提到二人對陸學中興的貢獻，並列為《靜明寶峰學案》一節。陳苑的弟子，以李存、舒衍、祝蕃、吳謙等「江東四先生」最為知名，形成了頗具聲勢的靜明學派。其中尤其是李存，無論其理學思想，還是其文學創作，都反映了一個時代的風氣。

第一節　「草廬學派」與朱陸合流

　　元代的學術思想界，向來有「南吳北許」的說法，「許」即許衡，懷州河內（今河南沁陽）人，一生力主朱學；「吳」即吳澄，撫州崇仁（今江西崇仁）人，是元代朱陸合流思潮的有力推動者。與歷史上所有的思想大家相似，吳澄的學術淵源比較複雜，他曾受學於程若庸，程若庸受學於饒魯，饒魯受學於朱熹高徒黃幹，因此黃百家在《宋元學案》裏明言：「幼清從學於程若庸，為朱子之四傳」。另外，吳澄又曾師承程紹開：「程氏嘗築道一書院，思和會兩家。」對於吳澄最後的思想傾向，也有兩種不同的說法，全祖望在《草廬學案》裏認為：「草廬之著書，則終近乎朱」。可是在《師山學案》中，卻有

另一番判斷：「繼草廬而和會朱陸之學者，鄭師山也。草廬多右陸，而師山則右朱，斯其所以不同。」〔註1〕之所以存在這樣不同的看法，正因爲吳澄的思想體系博大，不管是右朱還是右陸，總有一點基本得到後人的公認，那就是他的朱陸合流的思想傾向〔註2〕。

一、草廬學派的和會思想

吳澄身爲「朱子之四傳」，思想中帶有明顯的朱學特徵，他深得朱熹道問學之旨，曾經校注儒家經典，作有《五經纂言》。另據《元史·吳澄傳》記載，他曾以乾卦「元亨利貞」的發展敘述儒家的道統，表達了接續程朱的強烈使命感：

> 道之大原出於天，神聖繼之。堯舜而上，道之元也；堯舜而下，其亨也；洙泗鄒魯，其利也；濂洛關閩，其貞也。分而言之，上古則羲黃其元，堯舜其亨，禹湯其利，文武周公其貞乎！中古之統，仲尼其元，顏曾其亨乎，子思其利，孟子其貞乎！近古之統，周子其元，程張其亨也，朱子其利也，孰爲今日之貞乎？未之有也。然則可以終無所歸哉？〔註3〕

近世道統之中，吳澄列出了周敦頤、二程、張載、朱熹的傳承脈絡，未將陸九淵列入其中，表現出強烈的朱學傾向。不過在吳澄看來，朱熹並不是「近古」理學的集大成者，而是還有待「今日之貞」。而這所謂的「今日之貞」，一直以來無人堪當，吳澄當然只能義不容辭。事實上吳澄的理學造詣，也沒有辜負自己的崇高志向。

吳澄以接續程朱自期，不過或許是因爲同爲江西人，他又對陸九淵特別推崇。他曾毫無保留地稱讚：「先生之道，如青天白日；先生之語，如震雷驚霆。」同時他也不無遺憾地指出，後人對陸九淵的理解多有偏差：「今之口談先生、心慕先生者，比比也，果有一人能知先生之學者乎？果有一人能爲先

〔註1〕　（清）黃宗羲《宋元學案》卷九十二《草廬學案》、卷九十四《師山學案》，清道光刻本。

〔註2〕　無論是古人，還是今人，大多認可吳澄朱陸合流的思想，但是也有不同的觀點，如方旭東所作《吳澄評傳》，即認爲「在教法上，吳澄主張尊德性以道問學，這才常被誤解爲傾向陸學或和會朱陸，其實，吳澄所說的『尊德性』是『主一持敬』，它是典型的程朱一系的工夫路數。」

〔註3〕　（明）宋濂《元史》卷一百七十一「吳澄」，清乾隆武英殿刻本。

生之學者乎？」〔註4〕吳澄此言，既有爲陸學命運惋惜的成分，更含有以知陸學自命、以爲陸學自期之意。由於許衡在朝廷的推動，朱學在元代取得了實質上的官學地位，而以本心爲主的陸學則常常受到排擠。吳澄本人也曾因爲宣揚陸學，受到北方學者的指責，並因此失去了國子監的職位：

> 皇慶元年，升（國子監）司業……嘗爲學者言，朱子於道問學之功居多，而陸子靜以尊德性爲主，問學不本於德性，則其敝必偏於言語訓釋之末，故學必以德性爲本，庶幾得之。議者遂以澄爲陸氏之學，非許氏尊信朱子本意，然亦莫知朱陸之爲何如也。澄一夕謝去，諸生有不謁告而從之南者。〔註5〕

對於朱陸「道問學」與「尊德性」之爭，吳澄似乎更傾向於後者，他曾作《尊德性道問學齋記》，開篇即明言：「天之所以生人，人之所以爲人，以此德性也。」吳澄並不反對朱熹「句談而字議」的道問學工夫，不過卻對朱學後人耽於字句的做法給予強烈批判：

> 其學徒往往滯於此而溺其心。夫既以世儒記誦詞章爲俗學矣，而其爲學，亦未離乎言語文字之末，甚至專守一藝而不復旁通它書，掇拾腐說而不能自遣一辭，反俾記誦之徒嗤其陋，詞章之徒議其拙。此則嘉定以後朱門末學之弊而未有能救之者也。夫所貴乎聖人之學，以能全天之所以與我者爾。天之與我，德性是也，是爲仁義禮智之根株，是爲形質血氣之主宰，捨此而他求，所學果何學哉？
>
> 〔註6〕

朱學後學批判詞章記誦之儒，自身卻也未能跳出文字言語的窠臼，反而成爲詞章記誦之儒的嘲笑對象。吳澄準確點出「朱門末學之弊」，並隱約爲其開出了拯救良方，那就是吸取陸學「尊德性」的思想。

　　爲了替陸學辯護，從而吸收陸學的合理成分，吳澄採取了和劉壎相似的策略，首先將陸九淵的心學思想歸入到儒家思想傳統體系之內。他從本心出發，認爲心學是儒者之共識，並非陸九淵一人杜撰：「以心而學，非特陸子爲然，堯、舜、禹、湯、文、武、周、孔、顏、曾、思、孟以逮邵、周、張、程

〔註4〕　（元）吳澄《象山先生語錄序》，《吳文正集》卷十七，清《文淵閣四庫全書》本。

〔註5〕　（明）宋濂《元史》卷一百七十一列傳第五十八，清乾隆武英殿刻本。

〔註6〕　（元）吳澄《尊德性道問學齋記》，《吳文正集》卷四十，清《文淵閣四庫全書》本。

諸子，蓋莫不然，故獨指陸子之學爲本心之學者，非知聖人之道者也。」〔註7〕
如此一來，陸九淵的心學思想不僅與先秦聖人如出一轍，並且和周程諸子有
異曲同工之妙，時人尊崇程朱之學，自然也不必對陸學橫加指責〔註8〕。吳澄
強調朱陸同尊本心，同時也指出了二者教育方法的差異：「夫朱子之教人也，
必先之讀書講學；陸子之教人也，必使之眞知實踐。」但是，這種差異並不
是相互排斥、相互對立的，而是相互依存、相互促進的：「讀書講學者，固以
爲眞知實踐之地；眞知實踐者，亦必自讀書講學而入。」學者應該兼容並收，
不必心存門戶之見。可惜現實並不如其所願，朱陸後學還是陷入了水火不容
的境地：「二師之爲教一也，而二家庸劣之門人，各立標榜，互相詆訾，至於
今學者猶惑。」吳澄認爲，只有兼取二家之所長，才能眞正吸收朱陸思想的
精髓：「當以朱子所訓釋之四書，朝暮晝夜，不懈不輟，玩繹其文，探索其義。
文義既通，反求諸我，書之所言，我之所固有，實用其力，明之於心，誠之
於身，非但讀誦講說其文辭義理而已。此朱子之所以教，亦陸子之所以教也。」
〔註9〕以朱子提倡的讀書明理爲始，以陸子提倡的反身而誠爲終，朱陸合二爲
一，才不負先賢論道本意。

　　吳澄作爲元代大儒，門下弟子眾多：「出登朝署，退歸於家，與郡邑之所
經由，士大夫皆迎請執業，而四方之士，不憚數千里，蹞屬負笈來學山中者，
常不下千數百人。」〔註10〕因其所居之室名爲草廬，故學者稱其爲草廬先生，
而其門下的眾位弟子，也被總稱爲草廬學派。受吳澄思想的影響，草廬學派
的成員也多是主張朱陸合流，其中最爲著名的人物，有虞集、貢師泰、吳當
等人。

　　虞集（1272～1348），元崇仁（今江西崇仁）人，字伯生，號道園，學者
稱邵庵先生。少穎悟，以博學聞。元成宗大德初，授大都路儒學教授，仁宗
時任集賢修撰，泰定帝時任翰林直學士兼國子祭酒，文宗時任奎章閣侍書學
士。曾預修《經世大典》，爲總裁官。今有《道園學古錄》、《道園遺稿》存世。

〔註7〕　（元）吳澄《仙城本心樓記》，《吳文正集》卷四十八，清《文淵閣四庫全書》
　　　　本。

〔註8〕　方東旭《吳澄評傳》認爲，吳澄此言是爲了替其它宋儒爭取心學資源：「無非
　　　　是希望人們注意陸九淵之外宋代其它學者的心學思想而已。」（頁172，南京
　　　　大學出版社，2005年8月）

〔註9〕　（元）吳澄《送陳洪範序》，《吳文正集》卷二十七，清《文淵閣四庫全書》
　　　　本。

〔註10〕　（明）宋濂《元史》卷一百七十一列傳第五十八，清乾隆武英殿刻本。

虞集的父親虞汲，「與吳伯清爲友，伯清稱其文清而醇」，虞集長大之後，「以契家子從之遊，故得其傳」。〔註11〕虞集吸收了吳澄和會朱陸的思想，對朱熹和陸九淵都表現出極大的尊重。他盛讚「朱子繼先聖之絕學，成諸儒之遺言，固不以一藝而成名。而義精理明，德盛仁熟，出諸其口者，無所擇而無不當。本治而末修，領挈而裔委，所謂立德立言者，其此之謂乎？學者出乎其後，知所從事而有得焉」〔註12〕，朱子的每一句話都無不當，都可以作爲士人立身處世的標準。不僅如此，他還對當朝表彰朱學的許衡大加讚賞，同時批判一些讀書人不守朱學綱領，擅改朱子原意：

> 先正魯國許文正公，實表章程朱之學，以佐至元之治，天下人心風俗之所繫，不可誣也。近日晚學小子，不肯細心讀書窮理，妄引陸子靜之說以自欺自棄，至欲移易《論語章句》，直斥程朱之說爲非，此亦非有見於陸氏者也，特以文其猖狂不學，以欺人而已。此在王制之必不容者也。〔註13〕

這裡所謂「移易《論語章句》」，最有代表性的是陳天祥《論語辨疑》，它摘取了朱熹《論語章句集注》一百七十三條，逐條進行辨析和批判，明代朱彝尊《經義考》認爲：「是書專辨《集注》之非。」〔註14〕虞集不允許別人改動朱子成說，對朱學的尊崇幾乎到了株守的程度。不過需要注意的是，虞集反對士人「妄引陸子靜之說」，並非像清代四庫館臣所說的「與陸氏學派若不戴天」〔註15〕，他這裡所反對的，只是「非有見於陸氏」的無知後學，拿陸學當作批判朱學的工具。

虞集不僅能與陸學共戴此天，而且還對陸九淵十分崇敬。他曾爲陸九淵祠堂作記，對陸九淵多有讚美之詞：「江西之學興，有得乎孟氏『先立其大者』之一語而恢弘之，其所以振起而作新乎斯人者，前乎此蓋未之有也。後之君子以爲『先生之道，如青天白日；先生之語，如震雷驚霆』。偉哉，確乎眞百

〔註11〕　（清）黃宗羲《宋元學案》卷九十二「草廬學案」，清道光刻本。
〔註12〕　（元）虞集《廬陵劉桂隱存稿序》，《道園學古錄》卷三十三，《四部叢刊》景明景泰翻元小字本。
〔註13〕　（元）虞集《送李彥方閫憲》，《道園學古錄》卷一，《四部叢刊》景明景泰翻元小字本。
〔註14〕　（明）朱彝尊《經義考》卷二百五十四「四書」，清《文淵閣四庫全書》本。
〔註15〕　（清）永瑢《四庫全書總目》卷一百六十七「集部二十‧俟庵集」，清乾隆武英殿刻本。

世之定論乎！」〔註16〕虞集認爲，朱、陸二先生皆有其高明之處：「文公經濟入精思，陸子高明自得師。」〔註17〕並追憶朱、陸的道學經歷，認爲二者並無衝突：

> 斯道之南，豫章延平高明純潔，又得朱子而屬之，百有餘年間，師弟子之言折衷，無復遺憾，求之書，蓋所謂集大成者。時則有若陸子靜氏，超然有得於孟子先立乎其大者之旨。其於斯文，互有發明，學者於焉可以見其全體大用之盛。而二家門人區區異同相勝之淺見，蓋無足論也。〔註18〕

雖然未能給予陸九淵如朱熹般「集大成」的榮譽，不過也充分承認了其發明之功。他批判朱陸後學立門戶以爭勝，主張學者要融彙朱陸二家，從而獲見學問之「全體大用」。虞集是吳澄的得意門生，他「作爲草廬學派的傳人，繼承發揚了老師吳澄『和會朱陸』、兼容眾家學術思想，順應了元代理學發展的潮流」〔註19〕。

貢師泰（1298～1362），字泰甫，寧國宣城（今安徽宣城）人。早年入國子學，泰定四年（1327）中進士，授從仕郎。歷官應奉翰林文字、翰林待制、國子司業，官至禮部、吏部，拜監察御史，成爲南人「得居省臺」的第一人。貢師泰長於政事，又以文學知名，兼善書法，今有《玩齋集》存世。

貢師泰的父親貢奎，「十歲便能屬文，長益博綜經史。仕元爲齊山書院山長……授江西儒學提舉。敷明性理之學，諸生皆竦聽不懈」〔註20〕。貢師泰「少承其父奎家學，又從吳澄受業，復與虞集、揭傒斯遊」〔註21〕，不僅以文學名家，也浸染了許多理學思想。貢師泰追溯道學的發展歷史，承認朱熹的集大成地位：

〔註16〕 （元）虞集《新建陸文安公祠堂記》，《虞集全集》第 846 頁，天津古籍出版社，2007 年 4 月。

〔註17〕 （元）虞集《舟次臨川用趙壎韻》，《道園遺稿》卷三，清《文淵閣四庫全書》本。

〔註18〕 （元）虞集《故翰林學士資善大夫知制誥同修國史臨川先生吳公行狀》，《道園學古錄》卷四十四，《四部叢刊》景明景泰翻元小字本。

〔註19〕 姬沈育《「宗朱融陸」：虞集學術思想的基本特色》，《中州學刊》，2008 年第 4 期。

〔註20〕 （明）淩迪知《萬姓統譜》卷九十一，清《文淵閣四庫全書》本。

〔註21〕 （清）永瑢《四庫全書總目》卷一百六十八「集部二十一·玩齋集」，清乾隆武英殿刻本。

斯道也，伏羲、神農、黃帝、堯、舜、禹、湯、文、武、周公
之所以爲治，孔子、顏氏、曾氏、子思、孟軻氏之所以爲教……至
宋全盛，濂溪啓其源，伊洛遡其流，渡江再世，文公始集諸儒之大
成，使千載不傳之道復明於天下後世。吁，盛矣哉。

這個道統序列，與程朱傳統的說法並無不同，朱熹在理學史上的集大成地位，也得到前人的反覆肯定。貢師泰認爲，「聖賢墜緒，非文公無以明」〔註22〕，也符合他作爲朱子五傳的身份。

貢師泰承認朱熹的地位，卻並不否定陸九淵的貢獻，認爲朱陸之學雖然路徑不同，最後的歸宿並沒有區別：「先生之道，高明而廣大；先生之學，簡易而精微。雖其所入者與徽國文公小異，要其終，未始不各極於至當之歸也。」這裡「小異」的「所入者」，即是指朱陸「道問學」與「尊德性」的不同主張，而最後所謂「至當之歸」，則是把二人都歸入儒家的道統中來。對於朱陸門人的相互爭執，貢師泰毫不留情地給予批判：「門人弟子因鵝湖太極之辯，一時互相論議，遂使後之學者不能無惑焉。嗚呼，彼亦安知二先生之所以然哉？」〔註23〕朱陸辯難是爲了追求共通的眞理，是爲了使大道越辯越明，幫助後人治學；門人論議只是爲了義氣之盛，只能讓後人更加迷惑，茫然無所歸宿。拋開對義理的歪曲理解不說，但從出發點而言，門人的心態已與朱陸有天壤之別，自然不足以知二先生了。貢師泰反對朱陸門人相互爭執，認爲兩家學術殊途同歸，也是受到吳澄和會朱陸思想的影響。

吳當（1305～1369），字伯尙，吳澄之孫。少年穎悟，長通經史，曾隨吳澄入國子學。元順帝至正五年（1345）授國子助教，後歷任國子博士、國子監丞、國子司業等，又曾爲翰林修撰，預修遼、金、宋三史。至正十五年（1255），調任江西肅政廉訪使。陳友諒攻佔江西，強徵吳當至江州，終不爲所屈，後隱居以卒。著作有《學言稿》存世。

吳當「幼承祖訓」，受到吳澄思想的浸染，並逐漸掌握了吳澄思想的精髓，「澄既捐館，四方學子從澄遊者，悉就當卒業焉」〔註24〕。吳澄卒於元順帝元統元年（1333），其時吳當不滿三十歲，卻能讓學子從其卒業，可謂少年老成，可惜他晚年耽於政事，未能以理學名家。吳當《學言稿》俱爲詩作，很

〔註22〕　（元）貢師泰《勉齋書院記》，《玩齋集》卷七，明嘉靖刻本。
〔註23〕　（元）貢師泰《象山樵舍記》，《玩齋集》卷七，明嘉靖刻本。
〔註24〕　（明）宋濂《元史》卷一百八十七列傳第七十四「吳當」，清乾隆武英殿刻本。

少天道性理的表述,《全元文》搜輯其佚文四篇,其中《理學類編序》一文,大致傳達了他的理學思想。吳當認爲,儒家之道不在事外,而是在人倫日用之中:「古之學者,即事以窮理,謹乎彝倫日用以修身,不敢騖乎高遠也,故曰道不遠人。」反對離事而奢談性命天道。不過他對宋代理學家的成就卻給予充分的肯定,承認他們的努力延續了儒家的道統,並且爲後人提供了進學的途徑:

> 道絕於戰國,經燔於秦漢,儒專門授受,惟事口耳。千有餘年
> 聖賢不傳之緒,中興於濂、洛、關、閩諸君子,師友並起,議論精
> 到,道學之明,於斯爲盛。朱子所定諸經四書,既有成説,而元之
> 設科取士,表而宗之,宜後學之有依賴而無所惑矣。〔註25〕

吳當重視宋儒議論,尤其重視朱熹對儒家經典的注解,受到了當世學術風潮的影響。但是,吳當又對朱熹博學強記的「道問學」持保留態度,而是強調陸九淵簡約至誠的「尊德性」:「人之所靈明通變而能大且久者,大德有於身而已。是以周萬物,而口卜之理無不知;濟天下,而國家之務無不慮。然反而求之,其所守者至約焉。」〔註26〕所謂「靈明通變」者,就是人天生具有的道德本心,由此可以看出,吳當對陸學也有相當程度的吸收。

　　吳當和會朱陸的思想,還反映在他對朱陸後人的批判。他並沒有直接提及二家門人,而是隱約指出了兩類人的不足,讓人們自己去體會所指是誰:第一類人只知死記硬背先聖語錄,不能反身而誠深造自得:「徒徵諸儒先之言,而無以驗乎身心之實,稍以己意增廣演繹,則舛訛隨焉。」這顯然是指朱學後人的墨守成規。第二類人不肯腳踏實地深造根基,只想一步登天徑窺天道:「以初學之士,而欲窺見天與聖人之道,毫釐之差則或淪於高虛,而不知切己之實病。」這顯然是指陸學後人的師心自用〔註27〕。吳當最終還是回到日用踐履的路上,提倡學者從事切己之學:

> 昔聖人之道,大矣至矣,而曾子之傳乃得其宗。然日省其身,
> 惟忠信傳習而已爾,初非有高遠難行之事也。傳習以日進乎高明,

〔註25〕　（元）吳當《理學類編序》,清同治《清江縣志》卷九,《全元文》第46冊頁
　　　　40,江蘇古籍出版社,2004年12月。

〔註26〕　（元）吳當《省身齋記》,明嘉靖《眞定府志》卷十七,《全元文》第46冊頁
　　　　42,江蘇古籍出版社,2004年12月。

〔註27〕　（元）吳當《理學類編序》,清同治《清江縣志》卷九,《全元文》第46冊頁
　　　　40,江蘇古籍出版社,2004年12月。

忠信以日充其誠實。明斯道而精義入神，而知足以周萬物矣。〔註28〕
其實，朱陸雖然在入學門徑上有所不同，不過都重視人倫日用的切實踐履。
朱熹認為：「道則人倫日用之間所當行者是也。」〔註29〕陸九淵也說：「聖人
教人，只是就人日用處開端。」〔註30〕朱熹雖然批評陸學近禪，但卻對其重
踐履的一面讚賞有加，大方承認自己在這一方面不如對方：「朱元晦曾作書與
學者云：『陸子靜專以尊德性誨人，故遊其門者多踐履之士，然於道問學處欠
了。某教人豈不是道問學處多了些子，故遊某之門者踐履多不及之。」〔註31〕
吳當雖沒有明確提出和會朱陸的主張，卻找到了和會朱陸的基本途徑。

　　經過吳澄與草廬學派眾人的宣揚，和會朱陸成為一時之風氣，「他（吳澄）
的理學思想是在『和會朱陸』中形成的，其所謂『發見良知』，所謂『知行兼
該』等等，又多少透露了後來明代王學的消息」，從這一點而言，「吳澄的理
學可以說是從宋代程、朱理學到明代王學的過渡」〔註32〕，當然這種過渡，
正是從和會朱陸開始的。

二、「和會朱陸」思想的影響

　　在吳澄及其弟子的影響下，元代和會朱陸的思想深入人心，許多非草廬
學派的學者，也提出了類似的主張，其中最重要的是新安學派的趙汸、鄭玉。
趙汸師從「草廬同調」之一的黃澤，後來又在虞集家中坐館授書，虞集「以
其所得於先生（吳澄）者而賜教焉」，因此趙汸的思想，受到吳澄的一定影響。
趙汸「生朱子之鄉，而得陸氏之說」〔註33〕，對朱陸之學都有一定的認識。
他認為朱陸二家有同有異，不同之處在於入學門徑，而入學門徑的不同，則
源於他們追摹的不同先賢：

　　　　朱子之學實出周、程，而周子則學乎顏子之學者也。程子亦曰：
　　『孟子才高，學之無可依據，學者當以顏子為師。』……陸先生以

〔註28〕　（元）吳當《省身齋記》，明嘉靖《真定府志》卷十七，《全元文》第46冊頁
　　　　　42，江蘇古籍出版社，2004年12月。
〔註29〕　（宋）朱熹《四書章句集注》論語卷第四，宋刻本。
〔註30〕　（宋）陸九淵《象山集》卷三十五「語錄」，《四部叢刊》景明嘉靖本。
〔註31〕　（元）陸九淵《象山集》卷三十四「語錄」，《四部叢刊》景明嘉靖本。
〔註32〕　侯外廬、邱漢生、張豈之《宋明理學史》（上）頁748，人民出版社，1997年
　　　　　10月。
〔註33〕　（明）詹烜《東山趙先生汸行狀》，（元）趙汸《東山存稿》卷末附錄（817），
　　　　　清《文淵閣四庫全書》本。

高明之資，當其妙年，則超然有得於孟氏立心之要，而獨能以孟子爲師，且謂『幼聞伊川之言，若傷我者』。觀其尚論古人者，不同如是，則其入德之門固不能無異矣。

朱熹以篤實的顏子爲師，陸九淵以高明的孟子爲師，二人的側重之處自有不同，不過顏、孟同爲孔子之徒，思想大要仍是統一的，因此朱陸的基本思想，也必然能在關鍵之處匯合。趙汸認爲，朱陸思想在根本上並無不同：「夫所謂墟墓而哀也，宗廟而欽也，即孟子所謂『人見孺子將入井』之心，而朱子所謂『介然之頃，一有覺焉』，則其本體已洞然者也。原其所指，皆由已發之心，而悟其未發之性。則其要歸，亦有不容於不同者。」而且朱陸門人爭執不休的鵝湖之會，並不是二人思想的最終成熟階段，朱熹晚年言論，已證明他有了「去短取長」兼容並蓄的傾向：「使其合併於暮歲，則其微言精義，必有契焉。」〔註34〕既然朱熹與陸九淵的思想自有契合之處，後人更不必妄論異同，而是應該和會貫通。

　　新安另一位主張和會朱陸的學者是鄭玉。鄭玉早年受陸學影響較深，「昔先君子作尉淳安，余在侍傍，得遊淳安諸先生間」，而當時「淳安之士，皆明陸氏之學」，年輕的鄭玉自然很容易從眾而學。不過從淳安回到新安之後，鄭玉的爲學傾向發生了改變：「余既侍親歸新安，益讀朱子之書，求朱子之道，若有所得者。」〔註35〕思想開始向同鄉的朱子傾斜。他曾大力稱讚朱子對傳承儒家道統的作用：「至吾新安朱子，盡取群賢之書，析其異同，歸之至當，言無不契，道無不合，號集大成，功與孔孟同科矣。」但是他也不否認陸九淵的思想精華，而是正確指出：「其簡易光明之說，亦未始爲無見之言也。故其徒傳之久遠，施於政事，卓然可觀，而無頹墮不振之習。」〔註36〕鄭玉兼取朱陸二家，主張和會朱陸，在他看來，二人思想的不同只是在入學途徑上面，而且與其個性有一定關係：「陸子之質高明，故好簡易；朱子之質篤實，故好邃密。蓋各因其質之所近而爲學，故所入之塗有不同爾。」鄭玉承認朱陸之不同，但卻從學問根基上強調二者的一致性：「及其至也，三綱五常，仁

〔註34〕　（元）趙汸《對問江東六君子策》，《東山存稿》卷二，清《文淵閣四庫全書》本。

〔註35〕　（元）鄭玉《洪本一先生墓誌銘》，《師山集》卷七，清《文淵閣四庫全書》本

〔註36〕　（元）鄭玉《與汪真卿書》，《師山集·遺文》卷三，清《文淵閣四庫全書》本

義道德，豈有不同者哉？況同是堯、舜，同非桀、紂，同尊周、孔，同排釋、老，同以天理爲公，同以人欲爲私，大本達道無有不同者乎？」一連六個「同」字，氣勢磅礴，表示鄭玉更注重朱陸融彙相通的一面。他指責朱陸後人不知求同，但知立異，遂使朱陸勢同水火：「後之學者不求其所以同，惟求其所以異，江東之指江西則曰此怪誕之行也，江西之指江東則曰此支離之說也，而其異益甚矣。」在此紛紛嚷嚷的爭吵之中，二家學問各自出現了不同的流弊：「陸氏之學，其流弊也，如釋子之談空說妙，至於鹵莽滅裂，而不能盡夫致知之功；朱氏之學，其流弊也，如俗儒之尋行數墨，至於頹惰委靡，而無以收其力行之效。然豈二先生立言垂教之罪哉，蓋後之學者之流弊云爾。」〔註37〕而要消除各自的流弊，自然要從相互借鑒與吸收開始。

　　需要指出的是，鄭玉強調朱陸之同，卻又批評陸不如朱，明顯帶有右朱的傾向：「其（陸九淵）教盡是略下工夫，而無先後之序，而其所見又不免有知者過之之失。故以之自修雖有餘，而學之者恐有畫虎不成之弊，是學者自當學朱子之學，然亦不必謗象山也。」〔註38〕正如劉壎在堅持陸學的基礎上承認朱學而不主動吸收朱學，鄭玉也鼓勵學者堅守朱學信仰，對陸九淵僅限於「不謗」而已，和會的意願不如吳澄、趙汸等人那麼強烈。

　　和會朱陸的學術思潮不僅盛行於江西和新安，甚至還傳播到浙東。「甬上四先生」之一袁燮的後人袁桷，便對朱陸後人的相互排斥表示遺憾，他認爲：「陸文安公生同時，仕同朝，其辨爭者，朋友麗澤之益，朱陸書牘具在。不百餘年，異黨之說興，深文巧闢。」〔註39〕後人黨同伐異的各立門戶，辜負了朱陸切磋道義的良苦用心，其實倒不如模仿前人，相互借鑒和吸收。就連一向堅守朱學門戶的金華學派，也對朱陸會同表現出積極的姿態，學派中知名的學者黃溍，曾作《跋象山祠堂記》，表達了對後人妄議朱陸異同的不滿：「先生之學，與考亭朱子同出於孔子，後之人往往各尊其所聞，交攘互斥，若不能兼容者，何哉？」〔註40〕金華學者對朱陸和會的認同，最大程度地反

〔註37〕　（元）鄭玉《送萬子熙之武昌學錄序》，《師山集》卷三，清《文淵閣四庫全書》本。

〔註38〕　（元）鄭玉《與汪眞卿書》，《師山集‧遺文》卷三，清《文淵閣四庫全書》本。

〔註39〕　（元）袁桷《龔氏四書朱陸會同序》，《清容居士集》卷二十一，《四部叢刊》景元本。

〔註40〕　（元）黃溍《跋象山祠堂記》，《金華黃先生文集》卷二十一續稿十八，元抄本。

映了這股學術思潮的盛行。

元代思想界出現的朱陸和會的思潮，雖然未必都和吳澄及其草廬學派直接相關，但是不可否認的是，草廬學派在這股思潮的興起中發揮了巨大作用。這股思潮的出現，某種意義上也可以看作是儒學內部的一種團結，以此抵制元朝統治者對儒學的漠視〔註41〕。

第二節　寶峰、靜明與陸學中興

草廬學派引領的和會朱陸的思潮，使陸學並未在元代泯滅，然而元代陸學的眞正中興，還要依靠兩位純正學統的陸學家：一個是浙東的寶峰先生趙偕，一個是江西的靜明先生陳苑。《宋元學案》特列「靜明寶峰學案」，稱讚二人對陸學中興的貢獻：「逕畈（徐霖）歿而陸學衰，石塘胡氏（長孺）雖由朱而入陸，未能振也。中興之者，江西有靜明，浙東有寶峰。」〔註42〕下面出於主客之分，先介紹浙東趙偕。

一、學陸而近乎禪的趙偕

趙偕（生卒年不詳），字子永，浙江慈谿人，學者稱爲寶峰先生。早年曾習舉子業，後來認識到「是富貴之梯，非身心之益也」〔註43〕，於是棄而不學。友人王約、時觀在爲趙偕所作的祭文中，詳細敘述了他們共同的求學經歷：

> 深念夫學道之初，惟歎茫茫長夜，哀哀迷途，雖有志於學古，
> 無所啓明，不免問道於盲，欲前倒趨。幸賴祖宗餘澤，上帝賜福惠
> 衢，翺翔乎山水之間，而同登楊夫子之門牆，獲覽聖書。忽觀自己
> 光明正大，咸自知其非。故始信洙泗素王之大道，天獨闡於慈湖寫
> 出，世所不傳之妙，大明乎君子儒。於乎，子永由是而不爲巧言勢
> 力所動，從事乎世俗之區區，篤志乎孔楊之學，直欲建勳業爲伊周，
> 致大君如唐虞。〔註44〕

〔註41〕 元代雖然恢復科舉，並以程朱理學爲應試標準，但是與宋代科舉相比，元代科舉錄用的名額太少，對廣大立志「致君堯舜」的讀書人來說，並沒有太多實際意義。
〔註42〕 （清）黃宗羲《宋元學案》卷九十三《靜明寶峰學案》，清道光刻本。
〔註43〕 （清）黃宗羲《宋元學案》卷九十三《靜明寶峰學案》，清道光刻本。
〔註44〕 《友祭寶峰先生文》，《趙寶峰文集》卷首，明嘉靖趙文華刻本。

趙偕讀了從楊簡處得到「聖書」，突然悟到了大道之本：「及讀楊文元公與象山朱紫陽問答講論、所著遺書，恭默自省，有見於『萬象森羅，混爲一體，吾道一貫』之意。乃曰：『道在是矣，奚事他求？』」〔註45〕於是隱居鄉野，專心研習陸學。浙東自黃震之後，學術風氣已由宗陸變爲宗朱，元代中期復行科舉，更以程朱理學爲應試標準，趙偕此時尊奉陸學，自然受到眾人的排斥：「時人爭笑竊議，且詈且排，先生不惑紛吺，自守不渝。」〔註46〕趙偕不顧時人非議，表現出堅定的陸學立場。

在趙偕爲數不多的存世文字中，反覆提到本心的思想。他認爲人生禍福難料，不足憑據，只有本心是永世長存的：「來既不由汝，去亦不田汝。惟有此心虛明廣大，無來無去，無壽無殀，無我無汝。」〔註47〕儒家所謂的本心長存，並不同於宗教意義上的靈魂不滅，而是指聖賢精神代代相傳，道無今古，心便可以不死。同樣，只要大家共同秉承著聖賢之心，就不會再有彼此的界限。這種觀點直接來源於陸九淵，他曾經向弟子表示：「東海有聖人出焉，此心同也，此理同也；西海有聖人出焉，此心同也，此理同也；南海、北海有聖人出焉，此心同也，此理同也。千百世之上有聖人出焉，此心同也，此理同也；千百世之下有聖人出焉，此心同也，此理同也。」〔註48〕人人所共有的道德本心，既不受地域的限制，也不受時間的限制。趙偕還認爲，這種不受時空限制的本心，清明靜徹，不應該受物欲支配：

> 維彼有道人，不爲物所使。此心昭且融，湛若秋淵水。事物淵中象，變化無纖滓。畫夜常光明，寂然意不起。日用去與爲，何曾有終始。應酬雖交錯，安安而靈靈。動靜妙自一，學力無作止。〔註49〕

世間的萬事萬物都處在時刻變化之中，只有人心象一潭秋水，可以照見萬物，卻從不隨外物改變。趙偕自稱是楊簡的弟子，楊簡的學術思想即「以不起意爲宗」〔註50〕，並且以孔子之言爲標的，勸告學者「毋意」：「徒以學者起意，欲明道，反致昏塞。若不起意，妙不可言，若不起意，則變化云爲如四時之

〔註45〕　（元）趙偕《趙寶峰先生文集》卷末趙繼宗序，明嘉靖趙文華刻本。
〔註46〕　《門人祭寶峰先生文》，《趙寶峰先生文集》卷首，明嘉靖趙文華刻本。
〔註47〕　（元）趙偕《代楊大章祭子文》，《趙寶峰先生文集》卷二，明嘉靖趙文華刻本。
〔註48〕　（宋）楊簡《象山先生行狀》，《慈湖遺書》卷五，民國《四明叢書》本。
〔註49〕　（元）趙偕《題修永齋》，《趙寶峰先生文集》卷二，明嘉靖趙文華刻本。
〔註50〕　（明）楊世思《書慈湖遺書節抄略》，《慈湖遺書》卷末附，明嘉靖趙文華刻本。

錯行，如日月之代明。故孔子每每戒學者毋意。」〔註51〕這種說法事實上否定了後人傳續道統的積極努力，而是用一種自然無位的消極方式，任其「錯行」、「代明」。這種思想明顯受到佛教的影響，也容易讓人陷入空虛之境，因此遭到後人的批判：「宋儒之學，至陸九淵始以超悟爲宗，諸弟子中最號得傳者莫如楊簡，然推衍九淵之說，變本加厲，遂至全入於禪。」〔註52〕趙偕在楊簡的基礎上更進一步，提倡人們不僅不要起意動心，並且連耳目鼻舌的功能也不必濫用，如此才能達到眞正的「寂然」之境：

> 常人有耳目，聽聲而觀色。大士無耳目，觀聲而聽色。聲色咸空空，觀聽俱寂寂。聲色即觀聽，觀聽即聲色。貞性無物我，混然實融一。鼻舌及身意，皆空空寂寂。光明大圓妙，無生死今昔。常人皆大士，奚爲自昏溺。妄分耳與目，各迷聲與色。〔註53〕

這裡反對物我分隔，也是儒家從孟子「萬物皆備於我」以來的正統思想，而且所謂「常人皆大士」，也可以看作是孟子「人皆可以爲堯舜」的翻版，陸學以孟子爲思想淵源，趙偕的這些思想都是陸學的一貫傳統。不過，他否認人的基本感官功能，只追求脫離鼻舌身意後的「空空寂寂」，則已與佛禪思想全無不同，《宋元學案》因此稱其：「以靜虛爲宗，然其墮於禪門者，則固慈湖之餘習。」〔註54〕其實在近禪這方面，他比楊簡走得更遠。

至於如何體認本心，趙偕像劉壎一樣，也重視「悟」的作用。他曾以朋友爲例進行說明：「可道日間靜觀，已見虛明之妙，但閉目及夜間，則不如是，未免有觀虛明之意，終二而不一。十七日夜，忽悟蛙聲無際，皆在目中，前後晝夜，一虛明混融，自然而然，非意識所能及。」〔註55〕聞蛙聲而悟道，進而達到「虛明混融」的地步，可見悟在體認本心過程中的重要作用。趙偕還提倡靜觀內省的存養方式：「凡日夜云爲，若恐迷復，則於夙興入夜之時，宜靜坐以凝神，凡日夜靜坐之後，若即寢席，無非此道，若非此道，不即寢席，庶不失雖寢而不寢之妙。」〔註56〕學者須臾不可離道，即便在睡覺的時

〔註51〕 （宋）楊簡《慈湖遺書》卷十「家記四‧論《論語》上」，民國《四明叢書》本。
〔註52〕 （清）永瑢《四庫全書總目》卷九十六「子部六‧楊子折衷」，清乾隆武英殿刻本。
〔註53〕 （元）趙偕《贊觀音大士》，《趙寶峰先生文集》卷二，明嘉靖趙文華刻本。
〔註54〕 （清）黃宗羲《宋元學案》卷九十三「靜明寶峰學案」，清道光刻本。
〔註55〕 （元）趙偕《贈李可道》，《趙寶峰先生文集》卷二，明嘉靖趙文華刻本。
〔註56〕 （元）趙偕《爲伯奇學清虛而書》，《趙寶峰先生文集》卷二，明嘉靖趙文華刻本。

候，也要保證無非此道，一旦自己心有未安，就要靜坐凝神，反觀自身。閉目靜坐，本是陸學的一貫傳統，陸九淵本人即曾說過：「學者能常閉目亦佳。」〔註57〕而楊簡之所以能夠得道，更是受到靜坐反觀的直接啓示：

> 某之行年二十有八也，居大學之循理齋。首秋初夜，燕坐於床，奉先大夫之訓，俾時復反觀。某方反觀，忽覺天地內外，森羅萬象，幽明變化，有無彼此，通爲一體。曰天、曰地、曰山川草木、曰彼、曰此、某，皆名爾。方信範圍天地非空言，發育萬物非空言。〔註58〕

當時楊簡還沒有向陸九淵求學，卻已經通過靜坐的方式認識了包羅天地的本心大道。同樣是提倡靜坐，楊簡強調的是對本心的體認，趙偕則更重視對本心的存養，即如何使已經認識到的本心永遠不失：「凡得此道，融化之後，不可放逸，所寶者清泰之妙，猶恐散失，宜靜坐以安之。」體認可以一次性完成，存養卻必須時時謹慎，因此趙偕提醒學者：「凡除合應用之事外，必入齋莊之所靜坐。」〔註59〕人心猶如明鏡，只有勤勤拂拭，才能不染塵埃。

為了讓學者安於靜而不妄動，趙偕反覆強調，動與靜在根本上並沒有區別：「厥道惟何，無彼無此。歸然湖山，澄然湖水。大道之妙，匪動匪止。」〔註60〕否認二者的區別並不代表沒有主觀取捨，趙偕模糊動靜的界限，只是為了突出靜的作用，他心目中的大道，就是像大山一樣矗立不動，像湖水一樣平靜無瀾的。他反覆強調「動靜無二」，只是為了讓人們更容易接受他的靜坐觀念：「雖入宸處，罔敢肆逸。夜靜人定，從容即席。我軀清泰，匪勞匪逸。雖出應酬，敢縱意必？素頗溫恭，敢大聲色？」〔註61〕靜坐不僅表現在夜裏，即便在白天行動應酬之時，仍然要保持平靜的心境，不過度表達自己的感情。趙偕還勸告世人：「人無動靜自然閒，有意於閒便不閒。」〔註62〕也是強調「不

〔註57〕 （宋）陸九淵《象山集》卷三十五「語錄」，《四部叢刊》景明嘉靖本。
〔註58〕 （宋）楊簡《慈湖遺書》卷十一「家記五・論《論語》下」，民國《四明叢書》本。
〔註59〕 （元）趙偕《爲伯奇學清虛而書》，《趙寶峰先生文集》卷二，明嘉靖趙文華刻本。
〔註60〕 （元）趙偕《代大章祭周砥道文》，《趙寶峰先生文集》卷二，明嘉靖趙文華刻本。
〔註61〕 （元）趙偕《常明齋銘爲羅彥威賦》，《趙寶峰先生文集》卷二，明嘉靖趙文華刻本。
〔註62〕 （元）趙偕《安閒吟》，《趙寶峰先生文集》卷二，明嘉靖趙文華刻本。

起意」的一面。清代全祖望對此評價說：「無動靜之說，陷於異端，不如無固必之爲粹也。」〔註63〕孔子所謂的「毋固、毋必」，是勸告人們不要囿於成見固步自封，要學會廣納建議適時變通，這恰恰是在強調人的主觀能動性，而不是把人引向無動無靜的虛空。明代理學家呂柟評價趙偕說：「蓋寶峰之學，先於主敬，靜見道體。又能因時變通，無所偏窒。」〔註64〕其實，趙偕很少講「主一」之敬，反而積極吸收佛禪思想，比較稱得上「因時變通」的讚譽。不過在後代研究者看來，這種變通並不能讓他「無所偏窒」，只能使他走上異端的歧途：「如果說理學本身與禪宗有許多相同之處的話，那麼，理學中的陸學與禪宗關係更密，而趙偕又是陸學中比較突出的一個。」〔註65〕

與楊簡、錢時等人廣注經典不同，趙偕反對個人著述，他曾嚴屬指責：「錢時小人，行己著書，趨時悖道，罔眾干名，乃斯文中之大罪人也，天下公論所當誅斥。」〔註66〕這一點，也和他對「學者起意，欲明道，反致昏塞」的批判如出一轍。趙偕本人也少有作品，今存只有《趙寶峰先生文集》二卷，限制了其思想在後世的傳播。另外，趙偕是南宋宗室趙與籌的孫子，一生不仕元朝，政治態度比較堅決：「或勸之仕，曰：『吾故宋宗子也，非不欲仕，但不可仕。且今亦非行道之時也。』」〔註67〕這也在很大程度上限制了他的影響力。再加上元代理學本身並不發達，因此趙偕並未在理學史上佔據很高的地位。趙偕的門下弟子，比較知名的有桂彥良、烏斯道等，皆其鄉人，二人都曾入明，以文學政事稱，不以陸學名家。

二、堅守陸學門戶的陳苑與祝蕃

與趙偕差不多同時的另一位陸學中興功臣，便是江西人陳苑。陳苑（1256～1331）〔註68〕，字立大，江西貴溪人。幼年業儒，即表現出堅定的學術立場：「嘗有人授以金丹之術，弗之信。」〔註69〕後來接觸到陸九淵之學，更是

〔註63〕 （清）黃宗羲《宋元學案》卷九十三《靜明寶峰學案》，清道光刻本。
〔註64〕 （明）呂柟《世敬堂記》，《趙寶峰先生文集》卷末，明嘉靖趙文華刻本。
〔註65〕 陳高華《元代陸學》，《元史研究論稿》頁354，中華書局，1991年12月。
〔註66〕 （元）趙偕《書示門弟子》，《趙寶峰先生文集》卷二，明嘉靖趙文華刻本。
〔註67〕 （清）黃宗羲《宋元學案》卷九十三《靜明寶峰學案》，清道光刻本。
〔註68〕 案：李存《上饒陳先生墓誌銘》：「至順庚午十有二月既望，以疾卒，得年七十有五。」庚午爲至順元年（1330），農曆12月既望（16日），是公元1331年的1月24日。
〔註69〕 （清）曾廉《元書》卷九十一「陳苑」，清宣統三年刻本。

覺得與其心有戚戚焉：

> 既得陸氏書讀之，喜曰：『此豈不足以致吾知耶？又豈不足以力吾之行也？而他求也？』於是盡求其書及其門人如楊敬仲（簡）、傅子淵（夢泉）、袁廣微（甫）、錢子是（時）、陳和仲（塤）、周可象所著易、書、詩、春秋、禮、孝經、論語等書讀之，益喜，益知益行。〔註70〕

在這眾多門人中，傅夢泉是江西弟子，其它人皆為浙東弟子，可見與趙偕獨尊楊簡不同，陳苑受到了浙東和江西兩派陸學的共同影響。陳苑堅守陸學門戶，不為時風所移：「時許文正（衡）諸公方榮朱子之學，既設科取士，非朱氏之說者不用。先生守所學不變，閉戶潛修，躬行實踐，德益充，望益重，於是有志之士爭來問學。」〔註71〕他通過自己的堅持，得到了許多有志之士的尊重，但是也受到一些勢利之人的攻擊：「或病其違世所尚，先生曰：『理則然爾。』甚者譏非之，毀短之，明排之，又甚者求欲中之。先生曰：『死不悔。』從之遊者往往有省，由是人始知陸氏學。」〔註72〕為了追求唯一的真理，必須具有至死不悔的勇氣，同時，還要擁有不隨世俗浮沉的信念：「強禦無所畏，好惡無所逃。浮沉里巷之間，而毅然以倡明古道為己任；患難困苦終其身，而拳拳於學術異同之辨；無十金之產、一命之貴，而有憂天下後世之心。」〔註73〕身處里巷鄉野而心懷天下後世，陳苑表現出不屈、不移的堅定意志，闡釋了「憂道不憂貧」的儒家信條，也因此能夠感化更多人，接受陸九淵的本心之學。陳苑宣揚陸學，不是為了標新立異，而是不忍世道人心的衰落，因此才能「特立於波瀾顛倒之餘，扶植於俗尚壞爛之中，人之所為不為，人所不為為之，人之所非不苟非也，人之所是不苟是也」〔註74〕，表現出獨立的學術精神，以及挽狂瀾於既倒的道學使命。

陳苑在吸收前人成果上不遺餘力：「於陸子弟子門人之書，無不搜求講

〔註70〕（元）李存《上饒陳先生墓誌銘》，《俟庵集》卷二十四，清《文淵閣四庫全書》本。

〔註71〕（清）李紱《陸子學譜》卷十九「私淑下」，清雍正刻本。

〔註72〕（元）李存《上饒陳先生墓誌銘》，《俟庵集》卷二十四，清《文淵閣四庫全書》本。

〔註73〕（元）李存《上饒陳先生墓誌銘》，《俟庵集》卷二十四，清《文淵閣四庫全書》本。

〔註74〕（元）李存《上陳先生書一》，《俟庵集》卷二十八，清《文淵閣四庫全書》本。

貫。」〔註75〕他本人也曾「有所著《論語正義》二十卷」，可惜並沒有文本傳世，我們對其理學思想也無從詳細解讀，只能通過門人弟子的記述略加分析。弟子李存爲陳苑作墓誌銘，稱讚他「倡明陸子本心之學」〔註76〕，「潛心於聖人微言而履踐之，未嘗一泥於訓詁」〔註77〕，結合當時的學術環境，這裡的「訓詁」應該並不是指漢唐舊疏，而是指時人爲應付科舉而對程朱著作的條分縷析。南宋陸學的出現，很大意義上就是對朱學的一種反正，同樣，元代陸學的中興，也是從褪除朱學餘習開始的。陳苑的再傳弟子危素，也稱讚「其爲學也，上達乎性命之微，致謹乎事物之細」〔註78〕，從後一點來看，似乎對朱學的「格物」理論也有一定程度的吸收。或者也可以有另一種解釋，將「事物」一詞偏重於「事」，而將「致謹」解讀爲「踐履」，不過二者也可以兼而有之，因爲陳苑本就是「於人情、物理靡不通練」〔註79〕的。

　　一種學術思想要想傳揚光大，不僅需要學者研習義理，更要積極培育下一代傳人。與陸九淵、楊簡等人諄諄善誘的教育方法不同，陳苑卻抱有一種道不輕傳的保守態度。下面以李存向陳苑求教的過程爲例，對此進行簡要分析：

> 壬子之夏，始期（舒）衍登先生之門，亟請一言以自後，先生孫之又孫。明日，祝蕃適來，始相識也。蕃與衍反覆而丁寧之，研磨之。其時甚不樂，以爲往古聖賢答問告教之際，豈嘗如此哉？徒以欲遂所請，跪起揖拜，懟且忿焉。先生雖語之，弗領也。〔註80〕

別人特意登門求教，陳苑卻只是一味謙遜，不肯指點迷津，難怪李存會心懷不樂，甚至賭氣到「雖語」「弗領」的地步。陳苑這種做法，或許有其寧缺毋濫的考量，但是在客觀上卻打擊了學者的求學積極性，不利於陸學的進一步傳播。好在李存有求道的決心，三番四次前來求教，陳苑也慢慢告訴了他求學之綱領，不過也只是綱領而已，並沒有特別詳細地展開：「陳氏曰：『無多

〔註75〕　（清）李紱《陸子學譜》卷十九「私淑下」，清雍正刻本。
〔註76〕　（元）李存《曾子肇行狀》，《俟庵集》卷二十三，清《文淵閣四庫全書》本。
〔註77〕　（元）李存《贈祝蕃遠序》，《俟庵集》卷十六，清《文淵閣四庫全書》本。
〔註78〕　（元）危素《靜明書塾記》，《危學士全集》卷六，清乾隆二十三年刻本。
〔註79〕　（元）李存《上饒陳先生墓誌銘》，《俟庵集》卷二十四，清《文淵閣四庫全書》本。
〔註80〕　（元）李存《上陳先生書一》，《俟庵集》卷二十八，清《文淵閣四庫全書》本。

言，心虛而口實耳。』未有所契，復造焉，曰：『無多言，心恆虛而口恆實耳。』夙夜省察，始信力行之難，於是惟日孜孜究明本心。」〔註81〕陳苑告誡弟子不要多言，同時也是這樣要求自己的，因此不僅著述不多，並且弟子也不太廣。在老師不言的情形下，弟子想要求得真理，一定程度上便要依賴自己的悟性，通過反覆的內觀省察，瞭解自己的天賦本心。「心虛」是要求心體虛明，不泥於物，這一點類似於趙偕的「以靜虛爲宗」；「口實」是要求言出必行，不說空話，這一點恰是陸學重踐履的表現。陳苑教導弟子的一貫思想，正表現在這兩個方面，這也可以說是他一生的思想精髓。

陳苑沒有著作傳世，後人無法完整瞭解其思想，不過卻並不影響對他的高度評價。清人黃宗羲即認爲：「陸氏之學，流於浙東，而江右反衰矣。至於有元，許衡、趙復以朱氏學倡於北方，故士人但知有朱氏耳。然實非能知朱氏也，不過以科目爲資，不得不從事焉。則無肯道陸學者，亦復何怪？陳靜明乃能獨得於殘編斷簡之中，興起斯人，豈非豪傑之士哉？」〔註82〕在朱學風靡全國、陸學不絕如縷的學術背景下，陳苑對陸學的堅持與傳播，沒有黨同伐異的門戶之見，沒有追求名利的世俗用心，只是出於自己對道的體認，這一點自然非豪傑不能。陳苑對陸學發展的重大意義，即在於在困境中宣示陸學的存在，正是「由於他的努力，元代中期，陸學在江西地區一度出現了振興的現象」〔註83〕。

陳苑的門下弟子，最爲知名的是「江東四先生」，即祝蕃、李存、舒衍和吳謙。舒衍字仲昌，又字元易，吳謙字尊光，俱饒州安仁（今江西余江）人，生平事跡不詳，也沒有可供研究的著作傳世，故此略而不提。李存有《俟庵集》三十卷存世，下一節另有專門敘述。這裡僅簡要介紹一下祝蕃。

祝蕃（1286～1347）〔註84〕，字蕃遠，一字直清〔註85〕，江西貴溪人。

〔註81〕（元）危素《元故鄱陽李先生墓誌銘》，《俟庵集》卷首，清《文淵閣四庫全書》本。

〔註82〕（清）黃宗羲《宋元學案》卷九十三《靜明寶峰學案》，清道光刻本。

〔註83〕陳高華《元代陸學》，《元史研究論稿》頁352，中華書局，1991年12月。

〔註84〕此據李存《祝蕃遠墓誌銘》：「公竟死藤州客舍，時至正丁亥（七年，1347）十月也，生至元丙戌（二十三年，1286），春秋六十有二。」不過，危素在《上饒祝先生行錄》中卻記載：「六年（1346）冬十月丙寅，疾於藤州客舍，明日愈……越八日癸酉，疾病，起居如常時。潯州推官曾君煜來問疾，猶告之以善。客退，日已晡，其子文中進藥，卻不飲。先生曰：『吾不可起矣。』文中亟扶抱，已收足而逝。」

少年穎悟，六歲就學，十三歲博讀經史詞章，曾以茂才異等獲薦，授高節書院山長。元仁宗延祐四年（1317），以《易經》中鄉舉，次年會試不利，授饒州路南溪書院山長。歷任饒州路儒學教授、湖南行省掾史、潯州路總管府經歷等職，晚年移藤州，客死他鄉。

祝蕃很早便同陳苑交往，受其陸學思想的浸染，不過他並非一開始就堅定地信奉陸學，而是經過了一番心理的轉折：「稍長，頗不羈。他日感悔，復求從先生，痛自刻厲，久而有省……自是斯須不廢內觀。因購求當時陸氏師友遺書，特抄廣傳，期以大明。」正式開始了其學術生涯，並逐漸成爲陳苑門下最重要的弟子，「一時登先生之門者，皆推先焉」〔註86〕。祝蕃沒有專門的著作存世，因此他的具體思想也無從談起，我們只知道，他對「格物」一詞似乎很感興趣：「嘗聞陳先生物格之要，有所警發，後語門人曰：『吾初有聞時，意我俱絕，萬理一貫，始信天下歸仁之道如此，猶醉夢忽覺，而樂無涯也。』」不僅如此，他還常就此與別人探討：「鄧文肅公提舉江浙儒學，先生通書，論格物甚辨，鄧公加禮焉。」〔註87〕鄧文肅公即鄧文原，對朱熹之學比較信服，曾書朱熹《貢舉私議》以示學者。祝蕃與他就格物問題進行爭辯，堅守的應該是陸學立場，而其所謂「意我俱絕，萬理一貫」，也與朱學即物窮理的主張大相徑庭，而是遵循了陸學剝落意蔽的「格心」思想。當然正如前面所說，陳苑曾「致謹乎事物之細」，因此祝蕃也不排除受到了朱學「格物」思想的某種影響。

另外，祝蕃對地理之說比較精通，其從子「元暉之所得者，又特其地理之說爲詳」〔註88〕，至於其它的「事物之細」，則沒有詳細記載了。另外，祝蕃受到陸學重視踐履的影響，對政治抱有一定程度的熱情：「蓋有學之士，而同門之先達，毅然願用力於當世者。」〔註89〕他在大都應舉時，「遊諸公間，

〔註85〕 李存《夢祝直清》詩：「忽夢潯州祝經歷，滿頭如雪坐空船。」所指應該即是祝蕃。

〔註86〕 （元）李存《祝蕃遠墓誌銘》，《俟庵集》卷二十五，清《文淵閣四庫全書》本。

〔註87〕 （元）危素《上饒祝先生行錄》，《危學士全集》卷十三，清乾隆二十三年刻本。

〔註88〕 （明）胡翰《送祝生歸廣信序》，《胡仲子集》卷五，清《文淵閣四庫全書》本。

〔註89〕 （元）李存《送祝蕃遠赴潯州經歷序》，《俟庵集》卷十九，清《文淵閣四庫全書》本。

頗論天下事。一名卿曰：『國家故事，非後至者所能知。』先生曰：『國家故事，有非愚陋所能知。然田里之休戚，顧肉食者勿察耳。』」〔註90〕不過，他在政治上的成就並不突出，人們更關注的還是他在保存和傳播陸學中的貢獻。

祝蕃對老師格外尊重，不僅表現在思想上，更表現在生活中。如對陳苑，便恪盡弟子之禮：「陳先生居室隳圮，先生鬻田爲之更作，經營供給，終陳先生無廢禮。流俗之人笑譏毀訾，無所不至，終不爲動。凡若此，以其有得於陸氏之傳也。」中國自古有尊師重教的傳統，時人譏笑祝蕃，應該並不是笑他的尊師本身，而是笑他選錯了對象，認了陳苑這個不識時務、堅守陸學的老師。但是祝蕃並不後悔自己的選擇，他不僅對陳苑非常尊重，並且把這份尊重由陳苑上溯到了陸九淵，甚至還延及陸九淵的後人：「陸文安公講學象山，祠宇湮沒，白之郡守秦公從龍，復搆祠堂，行捨菜禮，數郡諸生畢至。陸氏玄孫止一人，而無後，先生訪其人，爲之娶婦。」祝蕃不僅尊重自己的老師，甚至還會爲身邊的教官爭取尊嚴，在他出任建寧路儒學學正的時候，「公聚，郡教授坐總管府蕃僚下，先生請於臺官曰：『郡教授官雖卑，有師道焉。』乃命出坐太守上。」〔註91〕只有師道普遍得到尊重，自己的陸學思想才能進一步得到世人的重視和傳播的機會。

與陳苑相比，祝蕃更重視對學生的教育。他曾立下宏願：「薄四海之外，人人與聞堯舜之道，是吾願也。」與陳苑道不輕傳的思想不同，祝蕃更相信有教無類，曾經有一位岳君將他「聘至義興，訓其子侄。岳氏家僮召棠請問學，先生曰：『身有貴賤，而心則一也。』因開諭之。棠在家執禮異平時，其父母聞受教於先生，詣先生謝焉。」陸學認爲，人人皆可以爲堯舜，只要他們自己肯向學，便不應該剝奪他們學習的權利。在具體的教學方法上，祝蕃很注意因材施教，他在鄉里講學期間，「遠近從學者眾，隨其質性而開導焉，必使之有所開明而後已」。祝蕃繼承了宋儒講學的傳統，並通過眞切動人的語言，使學者產生向善之心，他在任南溪書院山長期間，「講太甲說命之書，使學者知所悔過。繼講孟子『牛山之木』章，劃其積習而全其良心，學者油然而興。」〔註92〕在眾多弟子之中，祝蕃「尤屬意其門人危素，與之語，或終

〔註90〕（元）危素《上饒祝先生行錄》，《危學士全集》卷十三，清乾隆二十三年刻本。

〔註91〕（元）危素《上饒祝先生行錄》，《危學士全集》卷十三，清乾隆二十三年刻本。

〔註92〕（元）危素《上饒祝先生行錄》，《危學士全集》卷十三，清乾隆二十三年刻本。

夕不寐。去輒目送之，以爲興吾教者，必斯人也。」可惜，危素並沒有如其所願振興陸學，而是僅以文學名家，並且他一生耽於政事，甚至到了大都之後，「不自言其學之所自」〔註93〕，將傳播陸學的重任拋到了腦後。

對於「江東四先生」振興陸學的貢獻，清人黃宗羲分析道：「祝蕃、李存、舒衍、吳謙，志同而行合，人號江東四先生，皆出於陳氏，金溪之道爲之一光。是故學術之在今古，患其未醇，不患其不傳，苟醇矣，雖昏蝕壞爛之久，一人提唱，曒然便如青天白日。所謂此心此理之同也。」〔註94〕陸學在元代之所以能夠中興，當然是因爲它本身醇正的思想高度，不過也不能忽視陳苑的「提唱」之功，以及四先生異於時人而先覺的「此心此理之同」。

第三節　李存「以省察本心爲主」的陸學思想

元代陸學出現中興的局面，江西人陳苑功不可沒，可惜陳苑沒有著作傳世，而他最重要的弟子「江東四先生」，也只有李存留下《俟庵集》三十卷。因此，李存便成爲元代陸學中興的重要見證，而其《俟庵集》，也成爲後人研究元代陸學的重要資料，既可以看作是他一人思想的體現，也可以看作是靜明學派思想的濃縮。

李存（1281～1354），字明遠，又字仲公，上饒安仁（今江西余江）人。四歲失母，父親又多病，但他卻憑藉自己的穎敏莊重知名鄉里。元仁宗時恢復科舉，李存一試不中，從此隱居不出，後三以「高蹈丘園」獲薦，皆辭不赴，秘書著作郎李孝光舉以自代，亦不起。元順帝至正年間，江南兵興，門人何琛迎李存至臨川敬養，居二年而卒。有《俟庵集》三十卷存世。

一、李存的求學過程

在與陳苑的書信往來中，李存詳細介紹了自己的求學經歷。他在早年便「於古經史傳記稍涉獵其間」，「又嘗慕韓退之謂『無所不通』乃爲大儒，由是慨然於天文、地理、醫藥、卜筮、道家、法家、浮屠、諸名家之書，皆將致心焉。」李存對醫學尤爲精通，起初只是爲了救治父親的疾病，後來又以此造福鄉里：

〔註93〕（明）胡翰《送祝生歸廣信序》，《胡仲子集》卷五，清《文淵閣四庫全書》本。

〔註94〕（清）黃宗羲《宋元學案》卷九十三《靜明寶峰學案》，清道光刻本。

「事親稱孝，父多疾，因通醫術。有疾者雖甚窶，必奔走視之，未始圖報。」能將所學用於濟世救民的現實踐履，也不失為一介通儒。而年輕的李存，也對自己的博學廣識十分驕傲：「持而耀諸當世，而垂諸無窮，意當世之士如存者，亦豈多哉？佟然而談，囂然而居，取譏於鄉里，召怒於朋友，而弗之省也。」直到元武宗至大元年（1208），才通過好友舒衍瞭解到陳苑之學：「戊申之秋，舒衍謂存曰：『吾疇昔是子之學，近以祝蕃之言，得從上饒陳先生遊，而後知子之學所事，舉末屑也。子之蔽亦甚矣，徒焦心竭神，何為哉？若不改圖，則將誤惑其身，不惟誤惑其身，必將誤惑於天下後世之人。』」舒衍認為他蔽於俗物，不識大道，將來恐怕會誤己誤人。對於好友的勸告，李存一開始並未放在心上，甚至還「心竊笑之」，但是舒衍卻並未放棄：「他日復言如是，復笑之。至於三，於四，於五，屢數十不已。雖疑焉，然朝諾而暮忘之也。」在李存疑惑不定的時候，舒衍更加動之以情，曉之以理：「既而共床宿，擁寢衣，言曰：『相人者謂子不年，苟無聞焉以死，傷哉！至道所在，人固未易信也，然辟之涉，吾嘗先之矣。』遂大疑，早夜以思，至感泣，然終恥下於人，徘徊而躊躇。」經過反覆的徘徊與躊躇，直到元仁宗皇慶元年（1312），李存才正式向陳苑問學，然後就出現了前面提到的一幕，陳苑以一句類似禪機的「心虛而口實」，誘發李存深入思考，最終悟到了省察本心並切實力行的陸學精髓。〔註95〕對於陳苑的教育開導，李存內心非常感激，他曾向友人感歎道：「聖賢之立言垂訓，以先覺覺後覺，此豈口耳句讀之事？正學不明，人心日入於偷，甚可懼也。微陳子，某其終為小人之歸。」〔註96〕為了和過去貪多務廣的自己徹底決裂，李存「焚自所著書內外十一篇，曰：『無使誤天下後世。』」〔註97〕

與陳苑當年的遭際相似，信奉陸學的李存也受到時人的非議責難：「信有笑其愚者，有譏其怪者，有慮其繆自貶損，將露棄於常所推從者，有疑其論為拘迂而不任茲世之務者。」李存認為，這並不是某個人特別針對他的指責，而是整個社會的認知出現了偏差：「此豈其人之過耶？勢則然爾，亦焉有少易其心以求其故者乎？」他不無感歎地列舉這個時代的弊端：「人心積衰，風俗大壞，父詐其子，夫欺其妻。藻飾筆舌者謂之多才，紐鍵術數者謂之適用，

〔註95〕（元）李存《上陳先生書一》，《俟庵集》卷二十八，清《文淵閣四庫全書》本。
〔註96〕（清）李紱《陸子學譜》卷十九「私淑下・李存」，清雍正刻本。
〔註97〕（元）危素《元故鄱陽李先生墓誌銘》，《俟庵集》卷首，清《文淵閣四庫全書》本。

分章擇句者謂之至教，密文深察者謂之至治。」這裡可以分爲三個方面解讀：一是社會倫理道德的敗壞，親人之間也開始相互欺詐；二是學者治學風氣的墮落，不務天道本心之學；三是官員政治素質的降低，只知深文周納網羅罪名。其中墮落的學術風氣，又具體表現爲三種情況：一是耽於文辭而不明道理；二是汲於實用而不見本體；三是泥於章句而不知發揮。李存敏銳地發現了社會的弊端，可惜陷於弊端的人們卻不知悔改，反而嘲笑指出他們弊端的人，這就是先覺者的悲哀所在。針對世人的這些責難，李存並不能完全釋然。爲了替自己開解，一方面，他認爲世俗之人不能向道，所以才會對他存有諸多質疑：「俗中之斷斷然訕譏未已者，惟知較乎窮達利鈍，求乎形跡表襮而已，亦惡知夫義之所在有不可易者，理之所在有不可二者哉？」在李存看來，這些迷失天賦本性的世人，其實已經與禽獸無異，甚至連禽獸都還不如：「且獸焉而不失其良能者，馬之乘，牛之服，犬守而貓捕也，至偶有失其性而不乘、不服、不守、不捕者，則皆棄之弗畜之矣，然亦有千萬中無一二者焉。人而失其所以爲人，舉安之而弗悟其非，則是曾獸之弗若也，不亦重可悲乎？」相反，如果一個人願意眞心向道，就能無愧於天地父母，無愧於前聖後學。他曾借祝蕃之口說道：「子能捨其邪而適於正，於天地鬼神何慚？於古往聖賢何慚？於先祖父母何慚？於子孫後裔何慚？於吾君吾民何慚？於後世學者何慚？」另一方面，他還以孔子、孟子的遭際寬慰自己，認爲雖聖人也不免受人嘲笑：「昔孔子大聖也，孟子大賢也，所遇之時，去成周之澤未甚遠也，猶且毀短於人。窮乏奔走，雖門徒或謂之迂，至昆弟不喻其意，而況於今茲者乎？」李存以聖人爲追摹的目標，也要學習聖人面對困難百折不撓的勇氣，他常常不滿於自己落後古人：「至其有可疑、可畏、可慚者，古之人，其食飲起居，耳目鼻口，皆與我不異也，而古之人乃如此，而我則又如此，何耶？」正是這種不滿，才促使他不斷努力，不斷進步，不斷深化自己的認知，不斷昇華自己的思想。〔註98〕

　　李存的陸學思想，除了受到陳苑的直接影響，還可能與草廬學派有一定關係。在《陸子學譜》卷十八「吳氏弟子門人」中，收錄了一位李存的族人：「番陽李亨者，仲公先生之族，學於先生，嘗跋其家集。」〔註99〕李亨家曾

〔註98〕 （元）李存《上陳先生書二》，《俟庵集》卷二十八，清《文淵閣四庫全書》本。

〔註99〕 （清）李紱《陸子學譜》卷十八「私淑上」，清雍正刻本。

築南樓，吳澄爲之作記，稱讚「李氏世之儒，宦有聞」〔註100〕。李亨初爲國子伴讀，後遷廣州儒學教授，吳澄作詩以送之：「夙昔懷知己，堂山德義敦。恍然驚再世，及此見諸孫。胄館五年客，公朝一命恩。今辰奉檄去，光彩照閭門。」〔註101〕由此可以看出，吳澄與李亨的先人已有交往。吳澄弟子虞集，也欣然爲李亨作序，稱其「苦志敏學，在國學之日久，其所講明者，固將推以行諸一郡也」〔註102〕。李存《俟庵集》雖未對這位族人有更多介紹，不過也應該受到其一定影響。李存與吳澄沒有直接交往的證據，卻曾因胡士則獻文於虞集，受到虞集的大力贊許。虞集答書，有「羨山林之日多，性道之造厚」之歎。李存回信，自稱「過許之辭，非所敢當；警策之意，實深感服。」信中還表達了拜謁虞集的願望，可惜「僵僕傷手，骨脫筋」，無法前往〔註103〕。李存信中曾介紹自己「踰六望七，比築一居於竹莊之上，去家一里而近，扁之曰俟庵，蓋取居易俟命之意也。」虞集在回信中贊曰：「俟庵新命，直是高古」〔註104〕。二人具體的交往已難考證，不過李存第一次向虞集獻文「輒申辨問」，考慮到二人的理學家身份，自然會討論到天道性命的一些問題。當然，由於李存和虞集交往時年歲已高，虞集對他後期思想的影響到底多深，則很難一言以斷定了。

二、「省察本心」的陸學思想

李存自身的陸學思想，四庫館臣總結爲「以省察本心爲主」〔註105〕，這當然與陳苑的教導密不可分。李存後來回憶說：「余數年來得師於上饒，問學之際，大抵謂聖賢之業之見於言語文字者，無非明夫人心，而學焉者亦必於此乎究。」〔註106〕既然聖人文字都是在明人心，學者自然也應以正心爲主。李存以反問的語氣對此進一步發揮，並以一己之心度測聖人之心：

〔註100〕（元）吳澄《南樓記》，《吳文正集》卷四十，清《文淵閣四庫全書》本。
〔註101〕（元）吳澄《送國子伴讀李亨受儒學教授南還》，《吳文正集》卷九十三，清《文淵閣四庫全書》本。
〔註102〕（元）虞集《送李亨赴廣州教授詩序》，《道園學古錄》卷五，《四部叢刊》景明景泰翻印元小字本。
〔註103〕（元）李存《通虞學士》，《俟庵集》卷二十九，清《文淵閣四庫全書》本。
〔註104〕（元）虞集《答書》，《俟庵集》卷三十一附錄，清《文淵閣四庫全書》本。
〔註105〕（清）永瑢《四庫全書總目》卷一百六十七「集部二十‧俟庵集」，清乾隆武英殿刻本。
〔註106〕（元）李存《別汪子盤序》，《俟庵集》卷十六，清《文淵閣四庫全書》本。

> 若以孔門之學專在於言語之間，則何以有「予欲無言」之説？
> 專在於文字之際，則何以有「行有餘力，則以學文」之言？當時孔
> 子爲見正學不明，人心昏蔽，無所歸命。異端塞途，邪説蜂起，而
> 己又不得其位以行其志。刪《詩》，定《書》，繫《周易》，作《春秋》，
> 垂之萬世，皆所以明乎人心。

六經皆是聖人之心的表現，而世人之天賦本心，原與聖人無異，學者只有先
正本心，才能進一步瞭解聖人，得到聖人的思想精華：

> 使此心苟得其正，則所謂《書》者，此心之行事；《詩》者，此
> 心之詠歌；《易》者，此心之變化；《春秋》者，此心之是非；《禮》
> 者，此心之週旋中節。至若孝友、睦姻、任恤，皆此心之推也。是
> 故古之學者先其本而後其末，既得其本，則於其末也，若目之有綱，
> 衣之有領，振而齊之而已耳。〔註107〕

李存認爲，人心是天地間最聖靈的東西：「吾心之靈，本無限礙，本無翳
滓，本無拘繫，本無浪流，其有不然者，己私賊之也，非天之所予者然也，
夫何疑之有哉？」〔註108〕這種無繫無礙的本心，同樣沒有極限地充塞宇宙，
並且天然地存在於每個人身上：「是心也，天不能以加高，地不能以加厚。人
人有之，而或弗自知也。」〔註109〕本心不僅在空間上可以無限延伸，在時間
也沒有今古之分：「人言肝膽分楚越，理則古今無樊牆」〔註110〕，「此心初不
異孔孟，何俗莫可回商周。」〔註111〕學者只要求得本心之正，就可以「非人
而忽天，則前乎開闢而未嘗古也，後乎開闢而未嘗今也」〔註112〕。這樣至大
至靈的本心，自然應該好好體認存養。

至於如何體認本心，李存提出了類似頓悟的思想：「士無終身悔，道有一
宿覺。」〔註113〕同時，他也很重視教育的作用，鼓勵大家積極向學：「後覺者

〔註107〕（元）李存《與友人書》，《俟庵集》卷二十八，清《文淵閣四庫全書》本。
〔註108〕（元）李存《上陳先生書二》，《俟庵集》卷二十八，清《文淵閣四庫全書》本。
〔註109〕（元）李存《金溪縣烈女廟記》，《俟庵集》卷十三，清《文淵閣四庫全書》本。
〔註110〕（元）李存《贈王孟剛》，《俟庵集》卷一，清《文淵閣四庫全書》本。
〔註111〕（元）李存《送洪教授茂初》，《俟庵集》卷二，清《文淵閣四庫全書》本。
〔註112〕（元）李存《題危太樸詩集後》，《俟庵集》卷二十六，清《文淵閣四庫全書》本。
〔註113〕（元）李存《次王允中韻》，《俟庵集》卷二，清《文淵閣四庫全書》本。

必有待於先覺而覺焉，後知者必有待於先知而知焉，知之爲知之，不知爲不知，又何畏之有哉？」〔註114〕李存還特別強調學者自身的正心立志，因爲「信之也不篤，則其求之也不勤，其求之也不勤，則其得之也不實」〔註115〕。只有立志向道，才能做到正心誠意，不起妄念：「信道之君子，不問於高卑貴賤，必當先正其心，心正則意不妄起。」〔註116〕這裡也帶有楊簡思想「不起意」的影子。在此基礎上，李存還提出了系統的修養理論：

> 君子之於自屬也，莫大於先靜其心。心靜則視聽言動皆得其正矣。曰：「然則心無體，吾不得而執也；心無臭，吾不得而聞也。果惡乎而靜？」曰；寡欲而已耳。曰：「紛紛然接於吾之目者，皆可欲也，浩浩然入於吾之耳者，又皆可欲也，亦惡乎而寡？」曰：「至聽無聽，至視無視，非爲之爲，全神守氣。由是而國有忠臣，由是而家有孝子，百祥具集，諸福畢至。內馳外滯，徒以汨吾智而終吾世，是謂天德之棄。」〔註117〕

在這段對話中，李存強調了靜心寡欲的重要性，並指出寡欲的關鍵在於「無聽」、「無視」，「非爲之爲」，只有這樣，才能杜絕己私與物欲的內外誘惑，將所有精力用於省察修養本心。李存特別重視「靜」的作用：「物靜而年，事靜而天。」〔註118〕心靜便能不違天德。「主靜」是陸九淵心學的重要標誌，李存此說自然淵源有自，不過，他同時也認同程朱之「主敬」〔註119〕，並將「敬」與「靜」合而爲一：

> 君子之於爲己也，敬則止，不敬則不止。吾位夫天地之中，視其形則二，求其理則一，敢不敬乎？是故儼然而非思，粲然而非爲，孝子忠臣由此而出也。苟憧憧乎往來，擾擾乎旦夕，是謂不敬，是

〔註114〕（元）李存《上陳先生書二》，《俟庵集》卷二十八，清《文淵閣四庫全書》本。

〔註115〕（元）李存《送陳德輔之金陵從閔先生序》，《俟庵集》卷十七，清《文淵閣四庫全書》本。

〔註116〕（元）李存《安仁訟決詩卷序》，《俟庵集》卷二十，清《文淵閣四庫全書》本。

〔註117〕（元）李存《贈上官叔升遊京序》，《俟庵集》卷十八，清《文淵閣四庫全書》本。

〔註118〕（元）李存《玄一堂記》，《俟庵集》卷十四，清《文淵閣四庫全書》本。

〔註119〕朱熹認爲「程子只教人持敬」，「持敬是窮理之本」。陸九淵卻認爲，古代聖賢「未嘗有言持敬者」，「持敬字乃後來杜撰」。

謂不止，是謂捨君子小人之歸。敬即止，止即敬，非敬自敬而止自
止也。〔註120〕

這裡的「止」，可以理解爲《大學》「止於至善」，而在陸學家看來，人心已是
至靈至善之所，「止於至善」，就是要「止於本心」，靜心寡欲，不妄動，不旁
求，不「憧憧乎往來，擾擾乎旦夕」，其意也就等同於「靜」。李存認爲，天
人之理本無不同，人心本能地具有天賦的道德：「吾嘗謂天人相與之際，其間
不能以發，人其不天乎？天其不人乎？」〔註121〕世人應該敬守天賦本心，「非
思」「非爲」而靜處，無需「內馳外滯」四處搜求。程朱言「敬」，也是提倡
「主一無適」，靜守其心。從這個意義上說，「靜」和「敬」本來就是統一的，
「敬即止，止即敬」，只有對本心存有敬畏，才會安心靜養不再旁求；只有安
靜地守護本心，才會對其更加敬畏。

李存強調「省察本心」，反對滯於外物，但是並不提倡離物而言道，反
而特別重視現實的踐履。他認爲學問的目的在於改造社會，不存在爲學問而
學問：「孔孟之學問，固所以爲伊周之事業者。」他引用儒家經典進一步解
釋說：

《大學》之道，由其明德而後有新民之功；《中庸》一書，由其
率性而後有致中和、天地位、萬物育之效。學問之實政，將所以臨
民涖政者也。讀其書者書此事，績其文者文此事也，初不相悖，謂
之一以貫之，謂之舉斯心而加諸彼，但不過有先後次序耳。〔註122〕

存養本心與現實踐履，本是「一以貫之」的同一事物的兩個方面，聖人也反
覆教導後人，明德、率性之後更要有新民、育物之功。當然，二者還是有先
後次序的，只有先正心養性，踐履的時候才不會誤入歧途。李存這種重視踐
履的觀點，使他對科舉的態度與元代前期的劉壎有很大變化。他自己雖然應
舉不中，從此絕意仕途，不過卻積極勸導別人應舉出仕，將所學聖賢之道用
於濟世救民：

吾嘗謂使眞知《春秋》者，一日而由乎科舉得爲政於一州一邑，
而推是是非非之義以是非其民，則吾見《春秋》之義明於一州一邑
者也。又使得序而進立乎朝廷之上，而推是是非非之義於吾君吾相

〔註120〕 （元）李存《蔡氏子字說》，《俟庵集》卷二十一，清《文淵閣四庫全書》本。
〔註121〕 （元）李存《跋吳氏經德堂詩卷後》，《俟庵集》卷二十六，清《文淵閣四庫全書》本。
〔註122〕 （元）李存《與友人書》，《俟庵集》卷二十八，清《文淵閣四庫全書》本。

之前，則吾見《春秋》之義明於朝廷之上者也。亦豈非夫子作經之意哉？亦豈非吾君吾相求明經者之心哉？亦豈非吾民之望哉？亦豈不大可爲科舉慶哉？〔註123〕

聖人作經之本意，就是要堯舜其君、堯舜其民，而不是只求一己身心之安穩。朝廷恢復科舉考試，自然是要勵精圖治，百姓渴望明經之士，也是爲了安居樂業。讀書人有機會將所學用於實踐，也是夙來「治國平天下」的一種理想。

爲了強調現實踐履的重要意義，李存曾力贊行乞以修橋的白蓮教徒，並藉此批判當世學者，只知空談性理，不求現實修爲：「何其儒者之不競也，而往往又卑之弗口，以爲儒者之業，豈於此乎在？雖然，是豈有聖賢踐修之實，特假夫闊論以自解者耳，益以蔽其心之不愧於彼也。」〔註124〕儒者不屑於日常細務，豈不知這才是人民最需要的，也是聖賢所追求的踐履之功。不在現實中切實作爲，就無法眞正做到正心誠意，說到底也是對本心的一種蒙蔽。李存甚至以諷刺的語調，分析儒者待遇不如佛道的原因，直言這是「儒者所自取也」。在他看來：「彼釋老者，雖曰方之外，其流猶或未盡私之也，至有乞貸以營贍者，又安肯私其所固有也乎？然則儒獨盡私矣乎？曰：儒之私也久矣，其有不私者幾希，是以見薄於有司也。」〔註125〕儒者只知存養一己之私心，不知通過現實踐履實現其道義，最終成了百無一用之人，難免受到官府與百姓的輕視。李存認爲，存心與踐履相互依存，二者擁有共同的特徵，即都要專心持敬，不爲外物牽滯：「心外而求心，則不足以得夫心；事外而求事，亦不足謂之事矣。」〔註126〕陸學向來主張人心本善，道不外索，同時也提倡現實踐履，注重實用之功，李存作爲元代陸學中興的一員干將，很好地繼承了這些思想。

三、抑朱崇陸與兼容佛老

李存對陸九淵推崇備至，他認爲：「敬惟陸子本心之學，光紹於千有五百餘年之後，非天地無以喻其大，非日月無以喻其明，非鬼神無以喻其變，而

〔註123〕　（元）李存《送張仲舉明〈春秋〉經歸試太原序》，《俟庵集》卷十六，清《文淵閣四庫全書》本。
〔註124〕　（元）李存《送張平可序》，《俟庵集》卷十七，清《文淵閣四庫全書》本。
〔註125〕　（元）李存《送吳景漢赴寧國儒學正序》，《俟庵集》卷十九，清《文淵閣四庫全書》本。
〔註126〕　（元）李存《清明閣記》，《俟庵集》卷十四，清《文淵閣四庫全書》本。

存何足以讚述之？夫豈規規然於繩尺訓注之末，以增人昏蝕，牢人陷穽者耶？」〔註127〕在盛讚陸學之餘，也不忘對朱學後人溺於章句訓詁的做法進行批判。不僅如此，對於朱陸之學存有爭論的其它議題，李存也表現出堅定的陸學立場。朱陸之學的最大分歧，乃是「道問學」與「尊德性」的區別：朱學以「道問學」爲主，「欲令人泛觀博覽，而後歸之約」；陸學以「尊德性」爲先，「欲先發明人之本心，而後使之博覽」，「朱以陸之教人爲太簡，陸以朱之教人爲支離」。〔註128〕李存引用《中庸》之言，堅決支持陸學的易簡工夫，反對朱學的支離事業：「簡而文，蓋《中庸》篇中語也。所以形容君子之道，不簡則支，不文則鄙。」〔註129〕

朱陸之學的另一個分歧是對「格物」的不同解釋：朱熹認爲，格物就是要「窮至事物之理」〔註130〕，主張「今日格一件，明日又格一件」〔註131〕的逐一瞭解；陸九淵雖然也承認格物要「研究物理」，不過又堅持「萬物皆備於我」，主張「先立乎其大者」、「一明即皆明」的整體把握〔註132〕。李存堅持陸學觀點，直言「格者何，格自己。物雖萬，實一理。先覺遠，說蜂起。外而求，實糠粃。果格之，自靜止。艮其背，視己耳。苟無情，當有喜。吾非吾，天地已。」〔註133〕既然天地萬物同爲一理，便沒有必要一件一件去格；既然我之本心與天地一體，便沒有必要捨近求遠溺於外物。這裡所謂的「一理」，其實就是「一心」，因此格物窮理，也就成了格己存心。一心既明，萬理皆通，也就是陸學所倡言的「先立乎其大」。陸九淵認爲：「銖銖而稱之，至石必繆；寸寸而度之，至丈必差。石稱丈量，徑而寡失。」〔註134〕這句話用來描述其思想，就是一件一件去格物，枉費力氣卻難免出現偏差；先立其大整體把握，既簡單又不容易出錯。李存對此深信不疑，並且舉例以爲佐證：「吾聞振衣則有領，揭網則有綱。不得其領，則顛倒而不序；不得其綱，則

〔註127〕（元）李存《上陳先生書一》，《俟庵集》卷二十八，清《文淵閣四庫全書》本。

〔註128〕（宋）袁燮《象山陸先生年譜》卷上引朱亨道書，明嘉靖三十八年晉江張喬相刻本。

〔註129〕（元）李存《吳簡文字說》，《俟庵集》卷二十二，清《文淵閣四庫全書》本。

〔註130〕（宋）朱熹《經筵講義》，《晦庵集》卷十五，《四部叢刊》景明嘉靖本。

〔註131〕（宋）黎靖德《朱子語類》卷十八，明成化九年陳煒刻本。

〔註132〕（宋）陸九淵《象山集》卷三十五「語錄」，《四部叢刊》景明嘉靖本。

〔註133〕（元）李存《格齋銘》，《俟庵集》卷二十一，清《文淵閣四庫全書》本。

〔註134〕（宋）陸九淵《與致政兄》，《象山集》卷十七，《四部叢刊》景明嘉靖本。

紊亂而不張。是故志其大，毋截截於其細，求其本，毋究究於其末。」〔註135〕
為學同樣要先尋綱領，得其本心之正，才能學有淵源，有條不紊，不能盲目
「截截於其細」、「究究於其末」，枉費心力卻不得要領。李存此言，與陸九淵
如出一轍。

　　在如何學習的問題上，朱熹與陸九淵也有一些爭論，朱熹強調讀書明理，
並嚴格劃定讀書的次序，陸九淵雖然未曾不教人讀書，不過更強調反觀內省。
李存首先指出：「象山之學非高虛，六經在人一字無。」〔註136〕六經的重要意
義在於記載了聖人之心，其文字並無高明之處，學者讀書，只須反觀本心，
不必汲汲於篇章字句的分析。他承認世人需要學習才能體認本心，但學習的
方法並不限於讀書，也不一定非要良師益友的切磋交流，而是要堅持反觀內
省，在自己日常的一舉一動中體認天賦的道德本心：「天之所予，有不自覺，
苟非生知，必由於學。其學伊何，反察內觀。視聽言動，忽見其端。」〔註137〕
而反觀的結果，就是要做到至誠不欺：「君子之學，在於修身，修身在於至誠。
發弘大之心，立堅剛之志，遷善而改過，求去其日用之非。」〔註138〕為學的
目的在於修身，而修身的目的仍是日用踐履。李存認為，為學之方無外三點：
「一曰有信心，二曰立定志，三曰擇正師……由其心之信而後志之立，由其
志之立而後師之擇，是三者，缺一焉不可也。」〔註139〕信心不止是對自己有
信心，更重要的是對天道性命有信心，如此才能堅定自己求道的志向，志向
一定，才能進一步找到合乎道的老師。李存對老師的重視遠不如前二者，因
為在他看來，人的道德良知更重要的是出自本心。他曾舉一位烈女為例，說
明本心更多來自天賦，無需從文字中或師友間外求：「女子長於閨門之中，其
事則織纖組紃，其德則婉娩聽從，未必如學士大夫能時取經史而誦習之，又
未必有良師友旦旦而啟助之，又未必出於要譽鄉黨而為之。」〔註140〕女子未
必讀書，也未必有良師益友，她所表現出的勇烈忠義，只能說是來自天然的

〔註135〕（元）李存《送張玉良入京陳言序》，《俟庵集》卷十八，清《文淵閣四庫全
　　　　書》本。
〔註136〕（元）李存《贈蔣立賢之廣德任》，《俟庵集》卷三，清《文淵閣四庫全書》
　　　　本。
〔註137〕（元）李存《德義堂銘》，《俟庵集》卷二十一，清《文淵閣四庫全書》本。
〔註138〕（元）李存《居善堂說》，《俟庵集》卷二十二，清《文淵閣四庫全書》本。
〔註139〕（元）李存《劉孟中字說》，《俟庵集》卷二十一，清《文淵閣四庫全書》本。
〔註140〕（元）李存《金溪縣烈女廟記》，《俟庵集》卷十三，清《文淵閣四庫全書》
　　　　本。

本心。陸九淵曾經說過：「人受天地之中以生，其本心無有不善。」〔註141〕楊簡也反覆強調：「人心自善，自正，自無邪，自廣大，自神明，自無所不通。」〔註142〕李存的思想，顯然受到了陸、楊的影響。

與傳統陸學家的反對佛老不同，李存與佛道之徒多有交往，甚至在他死了之後，尚有玄教于宗師爲位以祭。李存對佛道思想比較熟悉，言談之中也常常引用，受到佛道思想的較深影響。當然，李存吸收佛道思想，是因爲佛道思想本來就和理學思想有相通之處。他在《題潘宗遠歸隱庵》中引用老子之言：「自爲有身終有患，從來無汝亦無吾。」〔註143〕老子提倡清心寡欲，認爲人自身的欲望乃是心靈最大的負擔，這一點正與理學家堅持天道性理，摒除一己私欲的思想若合符契。李存還曾以莊子及佛教思想勸解喪子的友人：「蒙莊齊物篇，理到不可磨。嬰孺未爲少，髦期焉足多。浮屠亦有言，恩愛皆成魔。只將彈指間，一視十劫過。」〔註144〕莊子主張「萬物齊一」，本來帶有相對主義的濃重痕跡，不過另一方面，也能折射出「萬物一理」的理學影子；佛教反對世間恩愛，本意乃在消解人倫，不過另一方面，也可比附於理學家棄私情、求公理的終極關懷。李存認爲，後人對莊子存在誤解：「莊氏殆亦欲行其所無事而惡夫鑿者耳。不得其旨者徒取其糟粕秕糠，由是或恣睢放縱，壞爛而無所檢束。」〔註145〕莊子以大而無用的櫟社樹爲「不材之木」，本意是想保護大樹的自由狀態，免受世人肆意砍鑿，後人不解莊子本意，反而紛紛以「不材」自命，爲自己的放縱恣睢尋找藉口。李存肯定大樹的「無所事」，並不同於道家的離棄世俗，而是要保持心靜的狀態，免受外物（外人）的打擾。佛道思想與理學思想有相通之處，在理學朱陸兩大陣營中，更與陸學氣質相近，這也是陸學學者比朱學學者更容易接受佛道思想的原因之一。李存在和一位和尚的酬唱中寫道：「西域傳經白馬駝，後人無奈葛藤何。直須參透看自己，佛法元來甚不多。」〔註146〕佛法講求頓悟，不事多言，正與陸學的簡易思想如出一轍。李存還以陸學的反觀自省比附佛法，證明他所宣揚

〔註141〕（宋）陸九淵《與王順伯二》，《象山集》卷十一，《四部叢刊》景明嘉靖本。

〔註142〕（宋）楊簡《詩解序》，《慈湖遺書》卷一，民國《四明叢書》本。

〔註143〕（元）李存《題潘宗遠歸隱庵》，《俟庵集》卷十一，清《文淵閣四庫全書》本。

〔註144〕（元）李存《慰高元博喪子》，《俟庵集》卷三，清《文淵閣四庫全書》本。

〔註145〕（元）李存《散木亭記》，《俟庵集》卷十四，清《文淵閣四庫全書》本。

〔註146〕（元）李存《送盛上人二首》其二，《俟庵集》卷十，清《文淵閣四庫全書》本。

的佛法，其實就是自己信奉的陸學，他在這裡對佛學後人「葛藤」糾纏的批判，也正可以看作是對朱學後人溺於章句的影射。

　　李存的眾多弟子之中，只有張翥、危素較爲知名，可惜二人都不以陸學名家，因此李存的思想，也沒有得到進一步的傳播與發揚。今存《俟庵集》，乃其子李卓所編，成爲元代陸學中興爲數不多的書面成果，也爲李存在陸學史上爭得一席之地。《宋元學案》即曾感歎：「靜明高座四子，首推蕃遠，始及仲公，而遺集一傳一否，則命也。」〔註147〕個人的壽命畢竟有限，書面文本才是一個人留名千古的最好憑恃。

〔註147〕（清）黃宗羲《宋元學案》卷九十三「靜明寶峰學案」，清道光刻本。

第五章　李存與元代中後期的江西文壇

　　元代中期以後，隨著社會形勢的穩定，蒙古統治者漢化程度進一步加深，因此也更加重視文治事業。元仁宗延祐年間重開科舉，知識分子又有了進入朝廷的機會。在此期間，江西人虞集、揭傒斯等人，成為朝廷館閣文人的代表。他們有感於國家的繁盛，更加出於黼黻皇猷的需要，提倡一種溫醇典雅、不大聲色的「盛世文風」。在他們的大力提倡下，這種文風一度風靡全國，成為有元一代的代表文風。不過，元代中期的江西本土文壇，卻仍有一些文人，堅持元初劉辰翁自抒性情的文學主張，其中最著名的，便是與劉辰翁並稱「三劉」的劉岳申和劉詵。李存長年隱居不仕，不過因為同為理學家，所以也受到虞集等人「盛世文風」的影響；另外，他沒有很多外遊的經歷，因此作品也缺少凌厲之氣。他的文章理論與創作，更多的是與劉詵相似，表現出一種平淡自然、感情真摯的特色。

第一節　盛世文派與江西文派

　　元代中後期的文壇，江西作家獨領風騷，他們由於身份、履歷的不同，文學風格也各有特色。在這不同的風格之中，尤以虞集、揭傒斯所提倡的「盛世文風」影響最大。這種文風在內容上歌頌元朝的疆域廣大，在風格上追求平正典雅，具有唐宋古文運動的一般特徵。面對南宋末期時文萎靡的狀況，元初文人已經開始了復興古文的努力，江西人劉壎便是其中一位傑出的代

表，另一位比劉壎稍後的名作家吳澄，也是元代古文運動的一位先導。

一、「氣運說」影響下的盛世文派

　　吳澄突破了程朱理學「作文害道」的觀念，甚至還針對「儒者之文不文人若」的說法，以朱熹為例進行辯解：「彼文人工於詆訶，以為洛學興而文壞。夫朱子之學不在於文，而未嘗不力於文也：奏議仿陸宣公而未至，書院學記曼衍繚繞，或不無少損於光潔；若他文，則韓、柳、歐、曾之規矩也。」〔註1〕直接將理學大家朱熹，拉入韓愈、歐陽修等人的古文家隊伍。吳澄對唐宋古文家十分推崇，認為他們雖然「於聖賢之道未知其何如，然皆不為氣所變化者也」，正是這種「不與世而俱」〔註2〕的精神，才使他們突破時代風氣的影響和制約，創作出「可與六經並傳」〔註3〕的作品。由此也可以看出，吳澄對於文與道，還是主張分別看待的。

　　吳澄在元代以理學名家，所以他在論文的時候，也明顯帶有「以理為主」的傾向，不過同時也注意以「氣為輔」〔註4〕。吳澄所論之氣，對外主要指天地之氣，即所謂社會風氣，國家氣運。他認為「盈天地之間一氣耳，人得是氣而有形，有形斯有聲，有聲斯有言，言之精者為文。文也者，本乎氣也。人與天地之氣通為一氣，有陞降而文隨之。」〔註5〕天地之氣通過文人的中介，最終將自己的陞降沉浮反映在文章的字裏行間。吳澄承認國家氣運對個人創作的影響，並非是在宣揚「建立在氣本論宇宙觀哲學基礎之上的文章本體論」〔註6〕，其實只是欲抑先揚的一種手法，以此引出「可以為悖世之文的創作主體的人格精神，即人之氣」〔註7〕。他明確指出，國家氣運對作家創作的影響，只是針對普通人而言，而那些在文學史上留名的大家，往往能夠突破社會風氣的影響，創作出超越時代的偉大作品。他指出社會風氣代代愈下：「如老者

〔註1〕　（元）吳澄《張達善文集序》，《吳文正集》卷十五，清《文淵閣四庫全書》本。

〔註2〕　（元）吳澄《別趙子昂序》，《吳文正集》卷二十五，清《文淵閣四庫全書》本。

〔註3〕　（元）吳澄《遺安集序》，《吳文正集》卷二十二，清《文淵閣四庫全書》本。

〔註4〕　（元）吳澄《東麓集序》，《吳文正集》卷十六，清《文淵閣四庫全書》本。

〔註5〕　（元）吳澄《送趙子昂序》，《吳文正集》卷二十五，清《文淵閣四庫全書》本。

〔註6〕　查洪德《理學背景下的元代文論與詩文》頁269，中華書局，2005年8月。

〔註7〕　王素美《吳澄的理學思想與文學》頁273，人民出版社，2005年12月。

不可復少，天地之氣固然。必有豪傑之士出於其間，養之異，學之到，足以變化其氣，其文乃不與世而俱。」只有加強自身的學識修養，才能「不為氣所變化」，而是反過來「變化其氣」，從而「志乎古，遺乎今」，使文章恢復「合六經」的古意。〔註8〕通過這種一分為二的分析，我們可以更加清楚地瞭解，吳澄反覆強調的「文章之傳世，雖聖賢之餘事，然其盛衰絕續之際，實關乎天地之氣運」〔註9〕，究竟意指何在。這裡的「關」，著重的並不是天地氣運對聖賢文章的決定影響，而是聖賢文章對天地氣運的撥亂反正：聖賢通過文章改變社會人心，並進一步影響國家氣運，使天地恢復到古之天地。

　　吳澄討論國家氣運對文章的影響，但他更加重視的是內在之氣，也就是作家的個人氣質，這是作家先天具有的個性特徵。他認為對一個作家而言，先天氣質與後天學識一樣重要：「非學非識，不足以厚其本也；非才非氣，不足以利其用也。四者有一之不備，文其能以純備乎？」〔註10〕這種氣質正如三國曹丕所說，「清濁有體，不可力強而致」，「雖在父兄，不能以移子弟」〔註11〕。既然父兄都無法對子弟潛移默化，其它外界環境就更加難以對作家的先天氣質造成什麼影響。吳澄以司馬遷創作《史記》為例，強調個人氣質的先天性，「歎世人惑於一部《史記》在天下名山大川之說」，批判「外遊說」論者所堅持的「江山之助」：

> 子長世司典籍，其雄才間氣，天實與之，使其不遊江淮，不上會稽，不窺九疑，不浮沅湘，不涉汶泗，不經齊魯梁楚，則遂無《史記》乎？況子長二十而遊，《史記》之作乃在中年以後，距其少遊之歲月亦已遠矣，豈其遊之所得，至久而忽然郁發於一旦也哉？然則為斯論者近於誣，而或然之者，幾於愚矣。〔註12〕

司馬遷的才華是稟之於天，與外界的山靈英氣毫無關聯。通過份析可以看出，吳澄論文所謂的「理」，既是指天理，也是指學識；而所謂的「氣」，不是外

〔註8〕　（元）吳澄《別趙子昂序》，《吳文正集》卷二十五，清《文淵閣四庫全書》本。

〔註9〕　（元）吳澄《西陽宮記》，《吳文正集》卷四十八，清《文淵閣四庫全書》本。

〔註10〕　（元）吳澄《元復初文集序》，《吳文正集》卷十九，清《文淵閣四庫全書》本。

〔註11〕　（三國）曹丕《典論·論文》，（南北朝）蕭統《文選》卷五十二，清嘉慶間胡克家刻本。

〔註12〕　（元）吳澄《曠若谷詩文序》，《吳文正集》卷二十三，清《文淵閣四庫全書》本。

在的，而是內在的。

綜合上述觀點，吳澄認爲，作文不是純文人的專利，理學家也應該從事文學創作，否則就會「損於光潔」。一個作家文章的優劣，既受到後天學識的影響，更受到先天才氣的制約。優秀的作家在創作的時候，能夠突破當時社會風氣的侵染，並以自己的先天才氣改變卑弱污濁的社會習氣。

在世風卑弱的時候，文人要勇於通過文學創作改善社會風氣，那麼當國家強盛時，文人更要積極創作，方能不負太平盛世。這就是元代中期「盛世文風」出現的緣由。吳澄的弟子虞集，便是元代「盛世文風」的積極倡導者，也是有元一代最爲知名的文學家與文論家之一。虞集批判南宋文壇將「經學、文藝判爲專門」，批判元代中期的文人「膚淺則無所明於理，蹇澀則無所昌其辭」，他本人則注重文與道的合一。虞集深受理學影響，他所主張的文道合一，是將道放在第一位的，文章也是衛道的工具。因此在批判元代中期的文壇時，也不忘加一句「強自高者惟旁竊於異端」。他稱讚唐宋古文家的文學成就，並認爲作家的文學成就得益於他們的思想境界，或者說他們的文學成就，正在於蘊含於文字之中的思想境界。歐陽修可以「上接孟、韓，發揮一代之盛」，曾鞏更是「博考經傳，知道修己，伊洛之學未顯於世，而道說古今反覆世變，已不失其正」。孟子、韓愈皆爲伊洛之先聲，也是以文載道、文道合一的典型代表。如果說吳澄是想將理學家拉入古文家的隊伍，虞集則是想把古文家拉入理學家的隊伍了。吳澄承認朱熹在作文上的疏略「或不無少損於光潔」，虞集則認爲，朱熹在理學上的成就足以使他超越古文家，成爲後世文壇的楷模：

> 朱子繼先聖之絕學，成諸儒之遺言，固不以一藝而成名。而義精理明，德盛仁熟，出諸其口者，無所擇而無不當。本治而末修，領挈而裔委，所謂立德立言者，其此之謂乎？學者出乎其後，知所從事而有得焉。則蘇、曾二子望歐公而不可見者，豈不安然有拱足之地，超然有造極之時乎？〔註13〕

理學家以道爲本，以文爲末，本治而末修，有德者必有言，正因爲如此，朱熹的影響絕不止在理學領域，更能延伸到文學領域。後世文人能夠以朱熹爲師，就一定會出現像歐陽修一樣「上接孟、韓」的學者型文人。

虞集論文，也提到了「氣」的影響，而他所謂的「氣」，主要是指個人的

〔註13〕 （元）虞集《廬陵劉桂隱存稿序》，《道園學古錄》卷三十三，《四部叢刊》景明景泰翻元小字本。

血氣，亦即張載所謂「氣質之性」。他認為作家的氣性影響其創作的風格，而這種氣性，又常常受到社會環境及個人閱歷的影響。古人常能夠心平氣和，所作詩文也大抵典雅平正；後世之人屢遭變故，血氣才變得焦躁憂懼，所作詩文也趨於悲情慷慨：「古之人以其涵煦和順之積而發於詠歌，故其聲氣明暢而溫柔，淵靜而光澤。至於世故不齊，有放臣、出子、斥婦、囚奴之達其情於辭者，蓋其變也，所遇之不幸者也。」〔註14〕虞集認為，每個作家的氣性與時運各有不同，生活之中也有得有失：「然而氣之所稟也有盈歉，時之所遇也有治否，而得喪利害休戚吉凶，有頓不相似者。」倘若不能剋制自己的情感，就會使文章陷入放任恣肆的境地：「處順者則流連光景而不知返，不幸而有所嬰拂，飢寒之迫，憂患之感，死喪疾威之至，則嗟痛號呼，隨其意之所存，言之所發，蓋有不能自掩者。」這種大喜大悲的性情文字，顯然並不符合虞集的要求，相反，他主張以聖人之教節製作家的自然情感，使文章呈現出平和之氣：「蓋必若聖賢之教，有以知其大本之所自出，而修其所當為也。事變之來，視乎義命而安之，則憂患利澤，舉無足以動其心；則其為言也，舒遲而澹泊，暗然而成章。」〔註15〕虞集的這些觀點，與其「以理治氣」〔註16〕的哲學主張是一脈相承的。

虞集強調約束作家的個人氣性，同時也強調社會時運對文章風格的影響，這也是他提倡「盛世文風」的理論源泉。他認為：「世道有陞降，風氣有盛衰，而文采隨之。其辭平和而意深長者，大抵皆盛世之音也。其不然者，則其人有大過人而不繫於時者也。」〔註17〕虞集這段話可以分三分層面進行解讀：第一，他主張文章隨時而高下的氣運說；第二，他承認卓越的作家可以突破時代的限制；第三，他以「辭和平而意深長」的盛世之文為最高追求。虞集提倡盛世之文，而自己當下所處的時代，在他看來正是一統的盛世，因此文人只須循此盛世而作治音，無需故作高標以求超越時風了。虞集分析宋末以來的文壇風氣，凸顯了世運國運對文風的影響：「宋之末年，說理者鄙薄

〔註14〕　（元）虞集《李景山詩集序》，《道園學古錄路》卷五，《四部叢刊》景明景泰翻元小字本。
〔註15〕　（元）虞集《楊叔能詩序》，《道園學古錄》卷三十一，《四部叢刊》景明景泰翻元小字本。
〔註16〕　（元）虞集《題吳先生真樂堂記後》，《道園學古錄》卷四十，《四部叢刊》景明景泰翻元小字本。
〔註17〕　（元）虞集《李仲淵詩稿序》，《道園學古錄》卷六，《四部叢刊》景明景泰翻元小字本。

文辭之喪志，而經學、文藝判爲專門，士風頹弊於科舉之業。豈無豪傑之出，其能不浸淫汩沒於其間，而馳騁淩厲以自表者，已爲難得，而宋遂亡矣。」這時候世風日下，正需要「大過人而不繫於時」的卓越作家，可惜這樣的人物畢竟難得一見，南宋沒落的國運也沒有得到改變。文章隨時而高下，要想出現偉大的作品，首先需要偉大的時代：「國朝廣大，曠古未有，起而乘其雄渾之氣以爲文者，則有姚文公其人，其爲言不盡同於古人，而伉健雄偉，何可及也；繼而作者，豈不瞠然其後矣乎？」偉大的時代促生偉大的作品，但是並非有了偉大的時代，就一定會自動產生偉大的作品，而是還需要作家自身的主觀努力：「延祐科舉之興，表表應時而出者，豈乏其人，然亦循習成弊，至於驟廢驟復者，則亦有以致之者然與？於是執筆者膚淺則無所明於理，蹇澀則無所昌其辭，徇流俗者不知去其陳腐，強自高者惟旁竊於異端。斯文斯道所以可爲長太息者，嘗在於此也。」〔註18〕元仁宗延祐年間，朝廷恢復科舉，成爲蒙古統治者漢化的重大事件，也是元代盛世的具體表現之一，在這樣的時代仍有諸多文弊，只能怪作家不能以筆墨反映時代生活。虞集心目中的理想文人，應該將自身創作與國家政治緊密相連，創作出不負時代的盛世之文：「世祖皇帝既定天下，列聖承之，四方無虞，民物康阜，熙治太平，將百年於茲矣。於是乎有博雅耆俊之士，歌詠德業，贊襄訏謨於其間，以賁飾一代之盛，三代以下未之或先也。」〔註19〕作家創作盛世之文，不僅在當時可以黼黻太平，而且可以誇耀後世，爲後人留下可供憑弔的歷史景象：「我國家奄有萬方，三光五嶽之氣全，淳古醇厚之風立，異人間出，文物粲然，雖古昔何以加焉？是以好事君子多所採拾於文章，以爲一代之偉觀者矣。」〔註20〕

　　通過對比可以發現：吳澄論文講個人氣質，是希望以作家的學識氣度改變社會的卑弱風氣；虞集論文講個人血氣，是希望通過社會教化改變人的私欲私情。前者是從正面立論，後者是從反面立論。究其原因，主要是虞集對自己身處的社會，有著比吳澄更爲積極的認識，更爲樂觀的感受，他認爲當下社會已是太平盛世，不需要憑藉個人之力來改變什麼。

〔註18〕　（元）虞集《廬陵劉桂隱存稿序》，《道園學古錄》卷三十三，《四部叢刊》景明景泰翻元小字本。

〔註19〕　（元）虞集《翰林學士承旨劉公神道碑》，《道園學古錄》卷十七，《四部叢刊》景明景泰翻元小字本。

〔註20〕　（元）虞集《國朝風雅序》，《道園學古錄》卷三十二，《四部叢刊》景明景泰翻元小字本。

　　虞集提倡的盛世之文，具體而言，就是要恢復「以平易正大振文風、作士氣，變險怪爲青天白日之舒徐，易腐爛爲名山大川之浩蕩」〔註21〕的古文風氣，追求「文章之出，沛如泉源之發揮，而波瀾之無津；譬如風雲之變化，而舒卷之無跡」〔註22〕的藝術風格。〔註23〕這種不大聲色的文學主張，在當時的文壇極具代表性，也很有影響力，無論是南方的陳旅，還是北方的許有壬，無論是前期的王惲，還是後期的戴良，都有對盛世文風的強烈追求。〔註24〕尤其是元代中後期的御用文人集團，作品更能呈現出黼黻太平的盛世特色，在這一集團中，江西人佔據了絕對的地位：「有元盛時，荊楚之士以文章名天下者，曰虞文靖公集、歐陽文公玄、范文白公椁、揭文安公傒斯，海內咸以姓稱之而不敢名。」〔註25〕四人之中，虞集、范椁、揭傒斯皆爲江西人，歐陽玄雖生在湖南瀏陽，祖籍卻在江西廬陵，是宋代文豪歐陽修的族裔。歐陽玄論文以歐陽修爲法，提倡紆徐平和的文風，批判奇險艱澀之風：「吾江右文章，名四方也久矣，以吾六一公倡爲古也。竊怪近年江右士爲文，間使四方學者讀之，輒愕相視曰：『歐鄉之文，乃險勁峭厲如此。』何不舒徐和易，以宗吾六一公乎？」〔註26〕而他本人的創作，也以平實典雅爲特色，《四庫全書總目》引用《至正直記》之言評價道：「歐陽玄作文，必詢其實事而書，未嘗代世俗誇誕。」〔註27〕范椁也承認文學創作受時代氣運影響至深，並強調好的作品應出於性情之正，與虞集「以理制氣」的思想十分相似：「古人云『聲音之道與政通』，夫聲者，合天地之大氣，軋乎物而生焉。人聲之爲言，又其妙者，則其因於一時盛衰之運，發乎情性之正，而形見乎辭者，可覘已。」〔註28〕揭傒斯也

〔註21〕（元）虞集《跋程文憲公遺墨詩集》，《道園學古錄》卷四十，《四部叢刊》景明景泰翻元小字本。

〔註22〕（元）虞集《陳文肅公秋岡詩集序》，《道園學古錄》卷三十三，《四部叢刊》景明景泰翻元小字本。

〔註23〕虞集的文學理論，可以參見查洪德《虞集的學術淵源與文學主張》，《殷都學刊》，1999 年第 4 期。

〔註24〕詳見查洪德《「海宇混一」鼓舞下的元代盛世文風》，《南開學報（哲學社會科學版）》，2008 年第 4 期。

〔註25〕（明）宋濂《元故秘書少監揭君墓碑》，《宋學士文集》卷六十三，《四部叢刊》景明正德本。

〔註26〕（元）歐陽玄《族兄南翁文集序》，《圭齋文集》卷八，《四部叢刊》景明成化本。

〔註27〕（清）永瑢《四庫全書總目》卷一百六十七，清乾隆武英殿刻本。

〔註28〕（元）范椁《傅與礪詩集序》，《全元文》第 25 冊頁 592，江蘇古籍出版社，2001 年 12 月。

是與虞集齊名的文章大家,《四庫全書總目》稱「其文章敘事嚴整,語簡而當」,並引用楊維楨《竹枝詞序》「揭曼碩文章居虞之次,如歐之有蘇、曾」,認爲「其殆定論乎」〔註29〕。可見二人的文章風格,確有很多相似之處。這裡將虞集、揭傒斯比作宋代歐陽修、蘇軾、曾鞏,也反映出元代的盛世文風,很大程度上可以看作是唐宋古文運動的一種延續。虞集後學,江西人作家傅與礪,所作文章也是「春容而雅暢,質不失之俚,贍不失之浮」〔註30〕,「和平雅正,無棘吻螫舌之音」〔註31〕。

二、接踵劉辰翁的江西文派

虞集等提倡的「盛世文風」,在元代中後期的文壇佔據了主導地位,但是其影響主要及於在朝爲官的翰林學士等御用文人,其它爲數眾多的隱居之士,則依然有別樣的文風追求。江西從宋代開始,便有兩股截然不同的文風存在:「廬陵,文章詩書之鄒魯也。斷自歐陽公而下,春容大雅,鳴琚佩玉者有之;刻削峭厲,嵬眼頳耳者有之。琳琅炳煥,磊珂奇傑,或同時競秀,或殊世儷美。在有元國初時,猶聞有相頡頏以甲乙數者。」〔註32〕在兩宋文壇,前者以歐陽修爲代表,文章紆徐平緩,有大雅之風;後者以黃庭堅爲代表,文章奇崛宏麗,有雕琢之氣。這兩種風氣延伸到元代,前者便形成了以虞集爲代表的盛世文派,後者便形成了以劉辰翁爲代表的江西文派〔註33〕。劉辰翁以奇險拯救宋末卑陋的文風,引領了當時的江西文壇,可惜其文章一味求奇,最終陷於艱澀難通,遭到時人的詬病。隨著虞集等人在文壇的興起,江西文派在「競秀」中逐漸落了下風,但是,劉辰翁獨闢蹊徑、自抒性情的創作主張,在元代中後期的江西文壇仍有餘響。在江西文派的後繼之人中,又以與劉辰翁並稱「三劉」的劉岳申、劉詵最爲知名。

江西士人對劉辰翁的評價,一開始還是很積極正面的,吳澄甚至將其歸

〔註29〕 (清)永瑢《四庫全書總目》卷一百六十七,清乾隆武英殿刻本。

〔註30〕 (元)梁寅《傅與礪文集序》,《傅與礪文集》卷末附,民國《嘉業堂叢書》本。

〔註31〕 (清)永瑢《四庫全書總目》卷一百六十七,清乾隆武英殿刻本。

〔註32〕 (元)李祁《申齋集序》,(元)劉岳申《申齋集》卷首,清《文淵閣四庫去》本。

〔註33〕 查洪德《元初詩文名家廬陵劉詵》:「元之初年,江西廬陵出現了一個很有特色也很有影響的詩文流派,根據時人評論時的稱謂,我們稱之爲江西文派。」《江西師範大學學報(哲學社會科學版)》,2007年6月。

入古文家正統：「敘古文之統，其必曰唐韓、柳二子，宋歐陽、蘇、曾、王、蘇五子也。宋遷江南百五十年，諸儒孰不欲以文自名，可追配五子者誰與？國初廬陵劉會孟氏突兀而起，一時氣燄震耀遠邇，鄉人尊之，比於歐陽。」〔註34〕不過隨著盛世文派的興起，劉辰翁開始受到質疑與批判。揭傒斯從文章的感情色彩入手，將劉辰翁踢出了古文家的圈子：「廬陵代爲文獻之邦，自歐公始而天下爲之歸，須溪作而江西爲之變。」劉辰翁不僅沒能繼承歐陽修的文學成就，相反還改變了歐陽修開創的文學風氣，歐陽修的作品處處透漏著盛世之音，而劉辰翁的作品皆「衰世之作也」。〔註35〕虞集則從文字風格論起，指責以劉辰翁爲代表的江西文派「以怪詭險澀、斷絕起頓、揮霍閃避爲能事，以竊取莊子、釋氏緒餘，造語至不可解爲絕妙」〔註36〕。

虞集、揭傒斯等盛世文派對劉辰翁多方指責，而江西文派的劉岳申、劉詵，則對劉辰翁讚賞有加。劉岳申爲劉辰翁畫像作贊曰：「其清足以洗一世之眾濁，其新足以去千古之重陳。昔之見者尚不足以得其眞，今之謗者復何足以望其塵。」〔註37〕指出劉辰翁文字的可貴之處，正在於其自闢蹊徑，清新不俗。劉詵也稱讚劉辰翁的文章如軒轅仙樂：「僊人三山來，袖有五尺琴。綠尾龍門植，朱絲軒轅音。攜之曾謁舜，三奏鳳舞庭。」劉辰翁雖然在政治上未能得意，但是憑此文章即可名聞天下：「時違地亦失，猶使天下傾。」〔註38〕劉詵爲劉辰翁作挽詩，更將他的文章比作蘇軾之文：「蹉跎太傅策，流落大蘇文。」〔註39〕突出其縱橫恣肆之氣。針對盛世文派對劉辰翁的批判，劉岳申與劉詵均作出了有力的回應。劉詵主張以包容的心態看待不同文風之間的差異，反對厚此薄彼：

> 或者謂江西爲可薄，則實不然。姑以宋三百年而論，二程起河
> 洛，橫渠起關中，濂溪、晦翁、南軒起東南，皆爲道學宗。三蘇出

〔註34〕（元）吳澄《劉尚友文集序》，《吳文正集》卷二十二，清《文淵閣四庫全書》本。

〔註35〕（元）揭傒斯《吳清寧文集序》，《文安集》卷八，《四部叢刊》景舊抄本。

〔註36〕（元）虞集《南昌劉應文文稿敘》，蘇天爵《元文類》卷三十五，《四部叢刊》景元至正本。

〔註37〕（元）劉岳申《題須溪先生眞贊》，《申齋集》卷十四，清《文淵閣四庫全書》本。

〔註38〕（元）劉詵《呈須溪劉先生二首》其一，《桂隱詩集》卷一，清《文淵閣四庫全書》本。

〔註39〕（元）劉詵《挽劉須溪太傅二首》其一，《桂隱詩集》卷三，清《文淵閣四庫全書》本。

蜀，歐陽出廬陵，王介甫出臨川，曾子固出旴江，皆以文學名天下
後世。蓋扶輿清淑之氣周流於天地間，互爲豐嗇厚薄。

既然在理學領域，不同派別的大師可以共存，那麼在文學的領域，又何必非
要有高下優劣之分？不同派別的文風不僅可以共存，而且可以相互借鑒與融
合，劉詵以揭傒斯爲例反問道：「執事之文，皆於日光玉潔之中，而有河傾海
倒之勢，其鳴於千載必矣，又何必其不江西也。」〔註40〕揭傒斯曾稱劉辰翁
的作品爲「衰世之作」，不過在其自身的作品中，卻也能看出江西文派的影響，
可見二者雖然主張稍異，卻也並非水火不容。劉岳申更從社會人心的墮落出
發，爲劉辰翁遭遇的冷落與批判進行辯護：

> 竊謂須溪先生，其學問在江東西未見有可隨行者。此老固不求
> 知，而亦誰知之，誰爲言之？今之都大名登朧仕者，何必嘗窺其藩
> 哉？而廬陵遂爲無人矣……大率貨眎斯文，而不復斯文眎之，間有
> 意者，又皆欲竊取以爲干祿要譽之資，於是有郭象《莊子》之心，
> 無侯芭《太玄》之意。甚矣，人心士習之壞也，其始由此。〔註41〕

元代中期以後，朝廷御用文人集團崇尚平易雅正的盛世文風，並逐漸影響到
科舉取士的標準，天下士人聞風傚仿，慢慢拋棄了不被御用文人認可的劉辰
翁。就連盛世文派的揭傒斯也不得不承認：「須溪沒一十有七年，學者復靡然
棄哀怨而趨和平，科舉之利誘也。」〔註42〕

江西文派在稱頌劉辰翁的同時，也不忘對御用文人集團的盛世文風大肆抨
擊。劉岳申以漢初古文爲標準，指責當時盛世文風影響下的廟堂文學：「夫文
章千古事，而朝廷之文，所以指揮號令，訓戒約束，其所繫尤不小。每觀漢初
天子賜書蠻夷君長，乃有善於爲辭命者所不能，豈與後來希合苟容，自詭播告
之修，不通《春秋》之義，傳笑天下，貽譏後世者，所可與聞？」〔註43〕盛世
文派所追求的和平雅正，在劉岳申看來只是「希合苟容」的一種表現，並不
能夠眞實地表達個人的感情，也不足以眞實地反映朝廷的聲勢與威嚴。對於
盛世文派以理制氣、不大聲色的觀點，劉岳申也給予猛烈的抨擊：「蓋戰國辯
士有以辭勝理而詘者，而晉人亦有『俊傷其道』之譏，由是而以文辭爲無取，

〔註40〕 （元）劉詵《答揭曼碩學士》，《桂隱文集》卷三，清抄本。
〔註41〕 （元）劉岳申《與范德機書》，《申齋集》卷四，清《文淵閣四庫全書》本。
〔註42〕 （元）揭傒斯《吳清寧文集序》，《文安集》，《四部叢刊》景舊抄本。
〔註43〕 （元）劉岳申《送王吾素翰林編修序》，《申齋集》卷一，清《文淵閣四庫全
書》本。

以才俊爲可薄。孰知《易》謹修辭，《書》貴俊德，其言不文者，其行不遠，故有俊士俊民，皆所以濬明理道而翼張之者也，其誰能去之？」劉岳申此處論文，既注重作品的磅礴氣勢，更注重作者的俊乂風采，如果缺少了這兩樣，所謂的言外之理、文中之道也就無從談起。劉岳申認爲，對一篇文章而言，「韶潤不如骨氣，而韶潤亦不可無」，華麗的辭藻與強健的氣勢缺一不可，單單不提盛世文派堅持的思想醇正；對一位作家而言，「思致不如淵源，而思致亦不可少」，個人的獨創與傳統的繼承皆爲必須，獨不提盛世文派主張的道德修養。〔註44〕

　　與劉岳申相似，劉詵也對盛世文派頗多微辭。劉詵曾爲「連試俱黜」的侄子打抱不平，認爲其不能中選的原因在於「其文浩博高古，而有司樂平易」〔註45〕。同樣，他也清楚地看到了自己文風與盛世文風主導下的科舉文字的差異，並堅決不肯曲己以從時：「至論僕之爲文，若過高深而不利於場屋者。僕正恨不能高深，果高深，雖不利於場屋不恨也。」〔註46〕劉詵論文追求高古，不肯趨附盛世文派堅持的紆徐平易之風，他認爲，元代的盛世文派一以唐宋古文家爲法，但卻只是模仿了其表面的特徵，未能認識到其內在的精髓：「其於文，則欲氣平辭緩以比韓、歐，不知韓、歐有長江大河之壯，而觀者特見其安流；有高山喬嶽之重，而觀者不覺其聳拔，何嘗以委怯爲和平，迂撓爲春容，束縮無生意、短澀無議論爲收斂哉？」韓愈、歐陽修的文章雖然看似「氣平辭緩」，其實蘊藏著磅礴的氣勢和獨到的見解，而元代盛世文派則是爲和平而和平，甚至爲了文風的和平而犧牲思想的獨到。劉詵認爲，盛世文派最大的弊端，就在於以古人的固有成法約束作家的主體創作，使文壇出現千篇一律的蹈襲之風，限制了文壇的多樣化發展：「古今文章，甚不一矣。後之作者，期於古而不期於襲，期於善而不期於同，期於理之達、神之超、變化起伏之妙，而不盡期於爲收斂平緩之勢。」他並不反對模倣古人，只是更強調自出機軸，避免陷入古人窠臼：「學古而能使人不知其學古，則吾自爲古矣。無他，學古而能爲古人之實，不徒爲古人之文，此所以能使人不知其學古也，此所以能自爲古也。」〔註47〕文章的古意不在於「學」，而

〔註44〕　（元）劉岳申《羅中德詹詹集序》，《申齋集》卷二，清《文淵閣四庫全書》本。
〔註45〕　（元）劉詵《兄子古臣墓誌銘》，《桂隱文集》卷二，清抄本。
〔註46〕　（元）劉詵《答周如綱》，《桂隱文集》卷三，清抄本。
〔註47〕　（元）劉詵《與揭曼碩學士》，《桂隱文集》卷三，清抄本。

在於「自爲」。

劉岳申、劉詵爲代表的後期江西文派，雖然對劉辰翁大加讚賞，對盛世文風多所批判，但是具體到他們自身的創作，卻與劉辰翁奇險詭怪的文風有了明顯的不同，而是適當吸收了盛世文派的平易風格，體現出融彙貫通的特徵。劉岳申認爲，文章的妙處不在於驚世駭俗，而是在於用平和的文字表達深刻的思想：「趙岐稱孟子辭不迫切而意已獨至，此文章至妙處，然安可得，岐可謂知者，古人不可及正在此。今人急言極論，愈雜亂紛糾，但覺古人不勞餘力而旁通曲暢，無所不有，何其易也。」文章的妙處不在於咬文嚼字高談闊論，能夠於平淡處寓高妙，才是文章的最高境界，劉岳申提倡學習古人，其實正是要學習這種境界。他又以古文家奉爲圭臬的《左傳》、《史記》爲例進一步分析道：

> 每讀《左傳》、《史記》、《漢書》，去之數千年，其事其人委曲詳悉，皆如當日親見，而高古要妙，去人愈遠，又何也？寓從容於簡寡，藏曲折於平易，欲以整見暇，以少爲多，非不欲傚佛近似而終不可到，故有至樸而巧者不能及，有至約而博者不能盡，有至顯白而深晦者不能近，此古人所以可師也。〔註48〕

至樸至約的文字，卻能蘊含至博至深的內容，這種寓高古於平易的文風追求，正與盛世文派所提倡的「辭和平而意深長」不謀而合。爲了達到至樸至約的效果，劉岳申主張爲文鍊字，但卻一定要不著痕跡：「平生最慕《史記》，初看甚有羨字羨句，再看但覺好，三看元無一字一句羨，減一字一句即不佳，此最未易學。」〔註49〕三遍才能看出鍊字之妙，可見《史記》的文字是多麼渾然天成。在鍊字這一點上，劉岳申保留了江西文派自黃庭堅以來的一貫特色，而他自身的文學創作，也能在暢達中不失修整，在平易中獨立議論，體現出融合江西文派與盛世文派的特徵：「先生學問根據切實，故其文思深遠；閱涉積久，故其文氣老成；好持論，論古今事變人品高下，確然不可易，故其文詞簡而盡，約而明，峻潔修整而和易暢達，決不肯廁一冗語、贅一冗字以自同眾人。」〔註50〕鍛鍊文字的目的正是爲了和易暢達。

〔註48〕 （元）劉岳申《答宜春秀才趙民信論文書》，《申齋集》卷四，清《文淵閣四庫全書》本。

〔註49〕 （元）劉岳申《答許可用書》，《申齋集》卷四，清《文淵閣四庫全書》本。

〔註50〕 （元）李祁《申齋集序》，劉岳申《申齋集》卷首，清《文淵閣四庫全書》本。

　　同樣，劉詵雖然對劉辰翁推崇備至，但是對奇崛險怪的文風也並不樂見，甚至不惜大力批判：「自世尚怪詭，而指大雅爲腐，自俗眩葩藻，而斥理致爲常。求其意足以宿道，文足以宣心者，概不多見。」〔註51〕詭怪文風的缺陷，正在於奇奇怪怪的文字，妨礙了個人感情的抒發，也不利於文中之道德的宣傳。劉詵雖然對盛世文風有所批判，但是也強調文與道的同步發展：「文章之與理學，本同一源，自孟子未有分也。漢唐以來，文章盛而理學泯，至宋初，文章復大盛，微周、程，理學亦泯矣。」〔註52〕元代中期盛世文風的出現，一方面當然是受到「海運混一」強大國勢的鼓舞，另一方面，也和其時的文道合一、理學「流而爲文」的現象不無關聯，盛世文派裏的許多干將，都有濃厚的理學背景。因此，劉詵對文道合一的認可，一定意義上也正反映了他對盛世文風的包容。劉詵在具體的文風追求中，既有強勁鋒利的一面，也有平易暢達的一面。他盛讚友人之文既能鋒芒畢露，「如老將之行師制敵，雖有成敗利鈍，而其鋒終不可挫也」，又能波瀾不驚，「如瞿塘三峽之水，霜降波平，不見洶湧奔放之勢，而人愈莫測其津源也」〔註53〕，在矛盾中實現更高層次的統一。劉詵的文風追求，「是平和與奇崛的統一，是外平和而內奇崛」〔註54〕，體現了時代和地域的特色。劉詵自身的文學創作，也呈現出一定的多樣性特徵：「劉先生之文，溫柔敦厚，歐也；明辨雄雋，蘇也。」〔註55〕歐陽修是元代盛世文派推崇的楷模，蘇軾弟子黃庭堅，則開啓了江西文派的先聲。

　　元代中後期的江西文壇，出現了以虞集、揭傒斯爲代表的盛世文派，他們主張文學創作應服務於國家政治，個人情感要受制於天理道德，從而使作品呈現出平易雅正的風格。同時，元初劉辰翁開啓的江西文派，也出現了劉岳申、劉詵爲代表的繼承者，他們主張文學創作應該自出機軸，反映自己的眞實情感。兩種文學風氣並非水火不容，隨著時代風氣的影響，開始出現相互融合的一面，尤其是江西文派的劉岳申、劉詵，逐漸擺脫了劉辰翁奇崛險怪的風格，轉而向盛世文派的平易正大靠攏。

〔註51〕　（元）劉詵《與王顏庭》，《桂隱文集》卷三，清抄本。
〔註52〕　（元）劉詵《二程先生祠堂記》，《桂隱文集》卷一，清抄本。
〔註53〕　（元）劉詵《高處士師周墓誌銘》，《桂隱文集》卷二，清抄本。
〔註54〕　查洪德《元初詩文名家廬陵劉詵》，《江西師範大學學報（哲學社會科學版）》，2007年6月。
〔註55〕　（元）歐陽玄《桂隱文集原序》，《桂隱文集》卷首，清抄本。

第二節　李存的古文思想

　　在盛世文派與江西文派的共同影響下，元代中期的江西文壇，出現了百花齊放、欣欣向榮的局面。李存生當此際，其文學思想也帶有融合的特色：一方面，李存作爲正統的陸學傳人，特別強調道對文的絕對作用，認爲「有德者必有言」，接近盛世文派的主張；另一方面，李存終身未曾出仕，較多保留了山林之氣，認爲文章要自鑄偉詞、直抒性情，符合江西文派的追求。在文學風格上，他既稱讚雄直峭厲的文章，也稱讚紆徐簡淡的創作，對文章的多樣性發展持包容態度。

一、有德者必有言：道先文後的基本態度

　　前面一章曾經說過，李存在向陳苑問學之前，一向是以博聞廣記「無所不通」自許的，不僅對天文地理、醫藥卜筮皆有涉獵，而且曾致力於文學創作。直到見了陳苑之後，方才慨然以性理之學自期，並毅然焚燒從前所作的文字。對於自己的這一段經歷，李存曾經回憶說：

> 吾嘗刻意於文辭詩歌，竊自謂苟得彷彿乎漢、晉、唐、宋諸子者，斯可矣。及獲師友之講明，遂朝夕之循習，而後知古之人業，莫大於盡心而知性。盡心而知性，而後通於天地萬物之情，通於天地萬物之情，則言語之際，有不求於文而文者矣。〔註56〕

這裡所謂的師友，指的就是陳苑、祝蕃等人。陳苑「雖布衣，而慨然以天下人心風俗爲己任」，注重文學引人向道、移風易俗的作用，他曾選編錢時《百姓冠冕詩》，因爲集中作品「皆所以引人反求諸己者」，所以他才「獨愛而編之，日與諸生誦詠之」〔註57〕。陳苑教導弟子，常以「無多言」爲戒，而他本人一生，也沒有留下什麼傳世的文字。李存接受陳苑的教誨，也對文學的功能持消極態度，這裡更明確表達了先道後文、文附於道的基本立場，認爲只要獲知了道德性理之說，自然就能創作出「通於天地萬物之情」的優秀文字。

　　李存認爲有德者必有言，不刻意進行文學的創作，因爲在他看來，作家絞盡腦汁的創作，其實多有賣弄自誇的嫌疑，有時候甚至會影響一個人的道

〔註56〕　（元）李存《送於仲元入京敘》，《俟庵集》卷十八，清《文淵閣四庫全書》本。

〔註57〕　（元）李存《百行冠冕詩序》，《俟庵集》卷十九，清《文淵閣四庫全書》本。

德修行：

> 《衛風‧碩人》之詩曰「衣錦絅衣」，《中庸》曰「衣錦尚絅」，
> 惡其文之著也。夫君子之於學，先本而後末，先内而後外，有其本而
> 末自理，有其内而外自彰，是故豈有毫髮求知於人之心，是謂實學，
> 是謂行成，人與之俱若無能者，故貴乎尚絅以自保自任也。〔註58〕

絅衣又稱裼衣，即古代用細麻布做的套在外面的單罩衣，根據《詩經》和《中
庸》裏的說法，古人在穿上錦衣之後，爲了避免過於招搖，還要在外面套上
一件麻布罩衣，否則別人只關注他衣服的華美，反而會忽略其思想的高潔。
李存由此進一步引申，認爲一個人應該踏踏實實注重自身的道德修養，而不
是汲汲於通過外在的文章「求知於人」，即便是有滿腹的文采，也要學習先賢
所爲，用樸實的行動將華麗的文采包裝起來，不要讓自己變得華而不實。只
有這樣，才能保持内心的高尚與自由，不因外界的知與不知影響自己的道德
修養。

李存不承認文學的獨立價值，還在於他繼承了陸學重踐履的思想，認
爲士人不僅要「以孔、孟爲標的」，追求明德新民的大學問；更應該「以伊、
周爲程度」，追求兼濟天下的大事業。而文學創作不僅無助於現實踐履，反
而會分散作家的精力，阻礙其在現實中建功立業。元代中期恢復科舉，既
重經義，也重辭賦，很多士人開始將辭賦創作當成獵取功名的敲門磚。李
存對這種現象痛加批判，認爲這些人「疲精神於文藝之末，縱使幸而獲選，
弱者爲群逐隊拱、手署紙尾、持祿保位而已；強者爲矯爲亢，爲奮螳螂之
臂以當車轍，而不足以立事功；其高爲納履、爲掛冠而已耳」。士人將更多
精力用於文學創作，勢必會影響其思想的修養，或者說將文學創作作爲功
名富貴的敲門磚，本身就是動機不純、心術不正。而一旦思想不夠純正，
就很難堅持自己的理想，要麼成爲人云亦云的鸚鵡，要麼成爲不切實際的
螳螂，最多也不過成爲獨善其身的閒雲野鶴，無法承擔起堯舜其君、堯舜
其民的重任。針對以文學取仕的士人可能作出的辯解，李存毫不留情地進
一步剖析道：

> 其必曰：「當其未仕也，姑從事乎言語文字以取之；既得之也，
> 然後從事於實行。」殊不知言之非艱，行之惟艱，亦非古人幼學壯
> 行之義矣。且其未得之也，則汲汲然患所以得之，既得之，斯戚戚

〔註58〕　（元）李存《李伯尚字說》，《俟庵集》卷二十二，清《文淵閣四庫全書》本。

> 然患所以失之者，有矣。苟患失之，無所不至。其得之道既不能粹
> 然一出於正，則其失之之心又安能恬然泰然而不以爲患者哉？嗚
> 呼，其表直者其影直，其源清者其流清，此必然之理也。又設使幸
> 而得之，猶云可也；不幸而終身不得之，豈不虛負光陰，虛負平生
> 精力矣哉？〔註59〕

一個人對於學問的態度，不應該因爲能否在科舉中「得之」而發生前後的改
變，事實上，每個人的思想都有其連貫性，即便是本人眞心願意，也不一定
能夠徹底改變。況且一個人修身養性之際，本不應該爲自己設下諸多的條件，
否則心已不誠，道豈能正？文章最後作了一個最壞的假設，士人以文學創作
爲獵取功名的敲門磚，倘若一輩子不中舉，豈非要永遠耽於文學創作的小徑，
而自絕於道德修養的坦途？從最後一句話中，也可以清楚看到李存對文學創
作的基本態度，相對於現實踐履而言，文學只是「虛負平生精力」的小事一
件。

　　需要說明的是，李存雖然認爲文附於道，不承認文學的獨立價值，但是
也沒有將文學徹底拋棄的企圖，甚至在某些場合下，還對「文」在君子修身
中的作用有所闡發：

> 「簡而文」，蓋《中庸》篇中語也，所以形容君子之道，不簡則
> 支，不文則鄙。然一於簡則傲，傲則賈怨；一於文則華，華則不實。
> 賈怨，身之殃也；不實，德之戕也。今簡而又文，則其在己者約而
> 不野，其應物也有禮而不煩，義相爲用而不相悖也，庶幾中庸之君
> 子矣乎？〔註60〕

李存在這裡明確表示，不能完全否認「文」在君子修身中的作用，因爲只有
具備了「文」的品質，才能在應人接物的時候彬彬有禮而不至於粗野，反過
來說，「不文則鄙」，同樣有失君子之風。但是，李存也絕不過份強調「文」
的作用，而是及時提出告誡，「一於文則華，華則不實」，而個人修行一旦脫
離了「實」，就會對道德造成戕害，妨礙對終極之道的追求。李存對文學的這
些看法，並沒有太多積極的新意，不過與他之前「衣錦絅衣」，刻意隱藏自身
文采的主張，將文學當作「虛負平生精力」的言論相比，依然具有相當程度
的修正價值。

〔註59〕　（元）李存《與友人書》，《俟庵集》卷二十八，清《文淵閣四庫全書》本。
〔註60〕　（元）李存《吳簡文字說》，《俟庵集》卷二十二，清《文淵閣四庫全書》本。

二、抒發盛世眞情：融彙貫通的創作主張

　　李存堅持道先文後的基本態度，較多地符合了盛世文派的主張，這也和他們共同的理學家身份（不管是信奉朱學還是信奉陸學）不無關聯。另外，李存雖然終身不仕，卻對國家的強大運勢感到相當自豪，在他看來，元代地域廣大，又能重視文教事業，足以和上古三代媲美，甚至有過之而無不及。文人當此盛世，自然應該創作出無負於時代的偉大作品：

> 昔王季之始基也，柞棫斯拔；宣王之復古也，牛羊爲群。此其細事耳，而詩人且雅之頌之，仲尼亦存而不刪。今國家之大，際乎天而極乎地，開經筵以崇聖學，設科舉以興俊髦，向之馳馬而試劍者，皆彬彬然文學之士矣。矧廣堂之上百執事之中，如召康公、尹吉甫者，亦豈少耶？大享之雅，清廟之頌，宜其十倍於古矣。〔註61〕

當年王季與宣王在位，只不過有一點小小的成績，眾多文人就不遺餘力地歌頌，孔子也鄭重其事地收入《詩經》。當下的大元王朝，無論是文治還是武功，皆能超越千古，文學創作自然也不能落後於古人，而是要達到比古人更高的成就。李存這裡雖然只是對廟堂文人的寄語，卻也反映出他對國家盛世的讚美，以及文學創作應該隨著時代的興盛而興盛的主張，正與虞集等盛世文派的說法如出一轍。

　　國家氣運對文學創作的影響，當然並不僅限於廟堂官員，對於社會中一般的文人墨客，甚至肆意於山林的隱居之士，都能發揮積極的促進作用。李存對此分析道：

> 文章之高下，蓋繫其志意之小大；志意之小大，又係其耳目之廣狹。方今六合一家，光嶽之氣全，政教之具修，子能不遠萬里，閱寒暑之變更，歷山川之夷險，其間人事之可喜可愕足以恢弘我警戒我者，則亦何限？矧今縉紳之在館閣者，皆極天下一時之選，又能求而親薰之，是則承乎松栢，近乎芝蘭者，必將浩浩其胸中，源源其筆下，如出雲，如湧泉，如玉之有輝，河之有潤，過之不可，修之不及，其有不期然而然者矣。〔註62〕

〔註61〕（元）李存《和吳宗師灤京寄詩序》，《俟庵集》卷十八，清《文淵閣四庫全書》本。

〔註62〕（元）李存《送魯志敏北遊序》，《俟庵集》卷二十，清《文淵閣四庫全書》本。

一個作家，只有具備了開闊的眼界，才能培養出豐厚的思想；只有具備了豐厚的思想，才能創作出驚人的文章，這正是歷來「外遊」論者所堅持的「江山之助」。當然這裡所謂的「江山」，並不僅僅是指自然界存在的山川景色，同時更是指社會教化下的風流人物。元朝統一祖國之後，原來南北不通的隔離狀態被打破，文人墨客可以四處飽覽大好河山，吸收江山之精華，培養自在之性情；另一方面，長期戰亂的南北對峙狀態得到平復，國家偃武修文，社會教化得到很好發展，文人墨客在遊覽河山的同時，還能接觸到不同地區的文人學者，通過相互之間的學習與交流，開拓自己的創造思維。自在才情結合創造思維，形諸筆墨，自然能創作出不同凡響的優秀作品。

　　李存承認盛世國運對文學創作的影響，積極回應了盛世文派的追求。但是另一方面，盛世文派追求以聖人道德限制個人血氣，不太贊成作家個人情感的自由抒發，甚至就像劉壎所批判的那樣，「以委怯為和平，迂撓為春容，束縮無生意、短澀無議論為收斂」。李存卻對此持否定態度，反而走向江西文派自主創新、自抒性情的道路。李存對文學創作的個性化要求，首先表現在對文壇普遍存在的擬古之風進行批判，主張學古而不擬古：

　　　　或請學文，先生曰：「唐虞所有之言，三代可以不言；三代所有之言，漢唐可以不言。未有六經，此理無隱，前古聖賢直形容之而已，惡能有所增損，昧於理道而聲光是炫，尚得謂之文哉？」
　　〔註63〕

文學創作的唯一意義就在於宣揚天道，而天道存在於人心之中，「此心初不異孔孟」，並沒有時代前後的區別。後世作家在創作的時候，更應該模仿的不是古人之言，而是古人之心，而在陸學家看來，古人之心同於今人之心，也可以說是同於一己之心。歸根結底，文學創作只需尊重本心，自抒性情，而不必處處模倣古人言辭。對於如何學習古人的問題，李存在評價危素作品時曾有更詳細的論述：

　　　　使言言如古人，既美矣；更心心如古人，又盡善也。雖然，謂太樸心心不如古人，則亦誣太樸甚矣，但患太樸不求其所以如者爾。苟能一日求之，則其言也非人而忽天，非人而忽天，則前乎開闢而

────────────

〔註63〕（元）危素《元故番易李先生墓誌銘》，（元）李存《俟庵集》卷首，清《文淵閣四庫全書》本。

　　　　未嘗古也，後乎開闢而未嘗今也。〔註64〕

在李存看來，危素的文章不僅已經達到了「言言如古人」的地步，甚至也已經達到「心心如古人」的境界，但是仍不能至此而滿足，而是應該進一步「求之」。所謂「其所以如者」，就是指無論古人之心，還是今人之心，都是天道性理的體現。文章能體現天道性理，自然就能「非人而忽天」，實現不分古今的最高追求。

　　李存認為，文章的高下並不在於言辭的今古，而在於能否抒發真情，只有蘊含真情實感的文章，才能引起讀者的共鳴。他讚揚孝子為亡母求銘的舉動，並盡力化解別人的質疑：

　　　　或謂仁人之於親也，終身而慕之，聽於無聲，視於無形，而奚
　　以儒者之空言為？存曰：然則然，失夫（情）。情之達於文者，文之
　　至也，文之至者，孰有不覽者乎？其孰有覽焉而不興者乎？〔註65〕

儒者為死者撰寫銘文，在於傳達其後人的悼念之情，通過這些深情的文字，引起讀者對死者的追憶，刻畫死者的光輝形象，使死者能夠雖死猶存。要想達到這樣的效果，最重要的就是要感情真實，只有抒發真實的感情，才能彰顯文章的價值。至於如何抒發真實的情感，李存則主張「貴於自然」，只有自然才能真實，以傳道抒情為目的的文章，最不能容忍的就是矯揉造作。李存曾為一個名翬字子羽的人作字說，借其名字發揮了自己的文學主張：

　　　　翬之羽，取其文者固也。然禽之文者眾矣，何獨取於是？曰：
　　五彩備也；然則備五彩，亦其巧所為與？曰：自然也，是故文之貴
　　於自然者，尚矣；至飾辭以為工，人謂之文，吾不謂之文也。〔註66〕

與前面所謂「衣錦綱衣」的強硬主張不同，李存在這裡並不一味反對文采，甚至還大方承認，有文采的東西才更容易為人取用。但是，與外在的文采相比，李存顯然更重視內在的道德感情。而且文采絕不是做出來的，而是一定要出於自然，如果刻意於文辭的鍛鍊，必然會影響感情的通暢與真實，不能反映真實的情感，則自然不能算是好的文章。

〔註64〕　（元）李存《題危太樸詩集後》，《俟庵集》卷二十六，清《文淵閣四庫全書》本。
〔註65〕　（元）李存《書湯母夫人楊氏墓誌銘後》，《俟庵集》卷二十六，清《文淵閣四庫全書》本。
〔註66〕　（元）李存《汪氏二子字說》，《俟庵集》卷二十二，清《文淵閣四庫全書》本。

三、兼雄直與平淡：多樣化的文風評論

　　李存自身的文學主張，受到盛世文派與江西文派的共同影響，同樣，在評論他人文學成就的時候，他也能夠抱著寬容的態度，接受不同的文章風格。他雖然認爲文章要出於自然，但是又對劉辰翁一派的峭厲雄峻之風讚賞有加。他曾引先正之言評價吳山之文：「文則端削刻厲，無山林枯槁之氣。」〔註67〕李存雖然長期隱居山林，卻從來不曾作出形容枯槁之態，而是一直懷著一顆入世之心，關注社會發展的態勢。用他自己的話說：「余雖山澤之槁，然平生見有祿位於時者而偷，未嘗不忿焉其若仇，亦不自知其果何故也。」〔註68〕這種自己也說不清的內在原因，或許就是儒者以天下爲己任的歷史責任感。李存不希望自己在「枯槁」中泯然眾人，同樣也不希望自己的文章在「枯槁」中丟掉生氣。與此相比，峭厲的文風反而更能彰顯自我個性，更有助於眞實情感的抒發，也能使文章顯得更有氣勢，更有活力，更能震撼讀者的眼球，也更能觸動讀者的心靈。李存稱讚江西文派端削刻厲的風格，甚至對劉辰翁廣爲後人詬病的奇險之風，也能給與一定程度的認可。在爲李晉仲所作序言中，李存通過排比的形式積極評價其文學成就：

> 會江右道士轟以此從餘干來，嘗謁晉仲，有其文。亟取讀之，
> 初不能以句：若崖崩岸斷，上下千尺，而輕禽捷獸莫之能緣也；若
> 飯臭茹草於窮山絕谷之間，而肉食者自鄙也；若車馬於羊腸九折之
> 途，而御轡策棰之嚴，斯須不能忘也。〔註69〕

李晉仲文章之奇崛，甚至已經到了「不能以句」的程度，但是李存並未棄之不讀，反而發掘出其中的卓絕不群之氣。李晉仲的文章看似奇崛險怪，像斷崖峭壁一樣難以接近，但是細讀之後卻能發現，在其內部卻有平川般順暢的脈絡，正是通過這樣的巨大反差，才更能顯示他駕馭文字的高超技能。尤其值得注意的是，李存之前反對文章的「山林枯槁之氣」，這裡又將李晉仲的文章比作窮山絕谷之間的茹草，與所謂「肉食者」的文章進行對比，突出其清新脫俗的獨特魅力。李存並非一味反對山林之氣，他所反對的山林文學，是

〔註67〕　（元）李存《樟南吳山人墓銘》，《俟庵集》卷二十四，清《文淵閣四庫全書》本。

〔註68〕　（元）李存《題餘姚州海堤記後》，《俟庵集》卷二十六，清《文淵閣四庫全書》本。

〔註69〕　（元）李存《贈李晉仲序》，《俟庵集》卷十七，清《文淵閣四庫全書》本。

那些只知摹寫刻畫，不知抒發性情的枯槁之作；同樣他也不單純地反對廟堂之氣，他所反對的廟堂文學，是那些只知人云亦云，不知自出機軸的腐朽文字。而他心目中最好的文章，應該是清新有奇氣，飽滿見眞情的，至於所謂的奇險峭厲，也是爲了達到這樣的目的。

李存欣賞作品的雄奇之風，並非只是看重其語言的氣勢，更多是因爲雄奇的文章更有利於個人才華與感情的抒發。他稱讚祝蕃的詩文能爲「四方多傳誦」，究其原因，恰恰就在於「其才思如河流，其論事率激切無所回忌」〔註70〕。才思如河流，難免波濤洶湧；論事多激切，自然鋒利難當，不雄不奇，何以自異於泛泛的世俗文字？

李存重視文章的獨特氣勢，卻不贊成對文字的刻意鍛鍊，而是主張雄直而不失自然，奇險而又能通達。他曾這樣評價前人的創作：

> 其文詞多雄直，若不甚經意，雖農圃聞之無不曉，而味則悠遠，
> 號爲作者，或窮搜冥索所不能到。蓋其天性素高如此也。〔註71〕

李存欣賞的雄奇是來自天性，並非刻意鍛鍊爲之。雄奇險怪的一個底線，就是不能阻礙文章的通達，不能造成閱讀的困難。另外，雄奇不能只限於文字之間，更要蘊含不同塵俗的悠遠韻味，只有這樣，才能使文章富有永恒的魅力，而不是簡單的爲奇而奇。盛世文派對文學創作的要求，是所謂「辭平和而意深長」，而李存吸收江西文派的觀點，不再堅持要求文辭的平和，而把更多的注意力放在意味深長上來。

對於江西文派的奇險雄直之風，李存頗多褒獎之詞，對於盛世文派平淡雅正的文風，李存同樣也並不排斥，而是給予充分的肯定。古人常有「文如其人」的說法，李存身爲尊奉陸學的一位學者型文人，自然希望世人都能具備從容平和的聖賢氣象，將這樣的精神品格滲入到文字之中，自然便會形成平淡自然的文章風格。李存在爲其好友孫履常所作哀辭中曾追憶道：「他日又得盡讀其平生所著古文，率樂人爲善，忠厚之氣藹然。常掩卷歎曰：如其人！如其人！」〔註72〕文章能眞實地反映自己，就是創作的最高境界，而作家對於「自己」的形象訴求，就應該是樂善忠厚的藹然之氣，只有忠厚和氣的人，

〔註70〕　（元）李存《祝蕃遠墓誌銘》，《俟庵集》卷二十五，清《文淵閣四庫全書》本。
〔註71〕　（元）李存《舅氏隆臥先生吳公墓誌銘》，《俟庵集》卷二十五，清《文淵閣四庫全書》本。
〔註72〕　（元）李存《孫徵君哀辭》，《俟庵集》卷二十三，清《文淵閣四庫全書》本。

才能夠創作出忠厚和氣的文章。在爲好友張季昌詩文集所作的題詞中，李存對這一文風有更爲詳細的陳述：

> 季昌之文，滃然而出如春山雲，泠然而清如秋江水，爲之而不已，養之而益盛，亦豈有所限量哉？更約之使不汎，簡之使不冗，嚴而豐，潔而不削，則雖古人之作，不難到也。〔註 73〕

春山雲，秋江水，皆所以形容張季昌文章之平淡清澈。不過，平淡絕不等於無味，清澈絕不等於無物，在平淡清澈的文字之內，更要蘊有「爲之而不已，養之而益盛」的思想內涵。李存充分肯定了張季昌平易和緩的文風，但是也對其提出了更高的期許，希望他能夠進一步「簡之」,「約之」，以求媲美於「古人之作」。前文曾經論述，李存論文主張自然而爲，反對文字的刻意鍛鍊，但是，如果完全因任自然，又容易使文章顯得拖沓而沒有條理。文字不能夠刻意鍛鍊，卻也不能夠缺少必要的整飭，如此才能使文章在平易和緩的同時，又不失嚴潔工整。這正如文章中蘊含的感情，雖然不提倡矯揉造作，但也要懂得收放自如。

無論是江西文派的雄直峭厲，還是盛世文派的平易緩和，李存都能夠欣然接受，因爲在他看來，二者並不是水火不容，完全可以完美結合。李存對黃復之文章所作的評價，正可以反映出他的這一追求：「先生之文，贍給而不冗，紆徐而不弱，句有奇，思有巧。」〔註 74〕紆徐豐滿，正是盛世文派從歐陽修那裏繼承來的創作特點，然而他們的這一特點，又常常被人指爲冗弱無力，只有融合江西文派新奇精巧的行文主張，才能拯救盛世文派的冗弱之弊。

李存的文學思想，反映了他理學家與文學家雙重身份的分裂。在談及宏觀的文道關係的時候，他以理學家的身份出現，主張道先文後，強調道對文的絕對統御；在談及微觀的文學風格的時候，他又以文學家的身份出現，強調獨創個性，尤其是個人感情的自由抒發。當然，這種分裂在更高層面上也能實現內在的統一，因爲在陸學家看來，一己之心即同於天地之道，文以載道自然也可以演化成文以抒情。另外，自出心裁的獨創精神，不今不古的文風追求，也符合陸學標新立異、恥與人同的學術個性。

〔註 73〕（元）李存《題張季昌詩文集後》,《俟庵集》卷二十六，清《文淵閣四庫全書》本。

〔註 74〕（元）李存《黃晉昭墓誌銘》,《俟庵集》卷二十四，清《文淵閣四庫全書》本。

第三節　李存的古文創作

　　李存在論文時強調道先文後，否認文學的獨立價值，但是其本人卻並不疏於文學創作，留下了三十卷的個人文集。後人涂幾在爲《俟庵集》所作的序言中，高度稱讚李存文道兼備的高超造詣：「時之作者，言談性命而不知文字之體，或循蹈規矩而忽忘義理之實，兼是二者，千百無一二焉。獨先生之文，精深而切近，高古而渾全。天球古圭，不足象其溫且卓也；奔泉流水，不足爲其峻且清也。譬諸造化生物之蘊蓄，有未易識其端倪者歟。」〔註75〕這裡提到李存的文章風格，思想精深而言辭切近，立意高古而結構渾全，既有溫和典雅的一面，也有峻潔清麗的一面。李存現存的文章，大致可分爲書信、序記、墓誌祭文、題跋銘說等類型，下面結合具體作品，對其風格作進一步分析。

一、書信

　　李存一生深居山林，結交並不十分廣泛，平時通信來往的對象，與他多是師友關係，而他在書信中談論的話題，也以治學作文爲主。在談論學術問題的時候，李存常常能侃侃而談，無所迴避，眞切率直地表達自己的觀點與態度，文章也顯得風生水起，頗有氣勢風骨。在前面提到的《上陳先生書》中，李存旗幟鮮明地表達了他不顧世風、尊崇陸學的堅貞態度。他還曾與吳養浩討論《春秋》的成書，針對友人《春秋》是「孔子刪修未了之書」的質疑，李存予以堅決反擊，毫不含糊地表達了自己的觀點：

　　　　比得報書，喻以《春秋》之義，良佩不鄙之盛心。僕竊有疑焉，若以爲孔子修削未了之書，則聖人決不爲此以惑後世。且孔子七十餘歲而沒，若乃顏子之夭，其不卒於事，容或有之。曾子，傳道於夫子者也，臨終之際，一簣未易，猶不自安，況夫子修《春秋》，正王道，以爲百世法也，不以功掩過，不以惡沒美，嗚呼，聖人豈得已哉？〔註76〕

在這裡，李存並不是簡單粗暴地爲聖人辯護，而是列舉了兩條很重要的原因：

〔註75〕　（明）涂幾《俟庵集序》，（元）李存《俟庵集》卷首，清《文淵閣四庫全書》本。
〔註76〕　（元）李存《與吳養浩論春秋書》，《俟庵集》卷二十八，清《文淵閣四庫全書》本。

一是孔子享年七十有餘，不存在倉促了事的時間壓力；二是孔子特別重視《春秋》，不可能有始無終半途而廢。孔子作《春秋》，至哀公十四年「西狩獲麟」而止，《春秋公羊傳》對此解釋道：「麟者，仁獸也。有王者則至，無王者則不至。有以告者曰：『有麕而角者。』孔子曰：『孰爲來哉！孰爲來哉！』反袂拭面涕沾袍……西狩獲麟，孔子曰：『吾道窮矣。』」〔註77〕本應「有王者則至」的仁獸卻在無王的亂世中出現，可見王道的實現已然無望，「正王道」的《春秋》自然不必再寫。歷史上這一種老生常談，足以反駁吳養浩的質疑，李存此處卻避而不用，而是別出心裁地又作出兩條新的解釋，這也正是他爲文師心獨創的一種體現。

李存在學術討論時擁有凜冽的氣勢，但是與人交往時也能夠以誠相待，即便是面對弟子輩的張著、危素等人，也能夠如朋友一般談心，從來不以長者自居。如他在寄給危素的信中，經常保持平等甚至謙卑的姿態：「區區材小志卑，氣弱習薄，年已無聞，自視其中無足齒於人者。比蒙不鄙，遠賜臨顧，已深敬嘿，薦辱惠帖，猶見高誼。」〔註78〕危素長年在朝爲官，但這決不是李存對其謙卑的原因，李存的謙卑是出於自我的修養，決不是出於對權利的畏懼。他對危素並非一味誇讚，也常常告誡提醒他爲官之道：

> 尊兄今既登仕版，又難同布衣之時，一日肩頭上重一日，又要和光同塵。人要不失己，不負平日所學，豈不是難？千萬凡百，樸實莫改，草萊寒酸，粗衣糲飯，莫妄攀附，莫強追陪，徒自取煩惱，增道負。縱得一美除，養廉俸祿亦有限，其間致曲，有多少憂危處，非做家私還債負之具也。〔註79〕

李存提醒危素，即便是做了高官，有時候不得不和光同塵，但也不要失去樸實的本心，不要陷入權利的爭奪。這正是作爲師長、作爲朋友最殷切的期望。

李存也經常在書信中與朋友交心傾談，甚至有時會發幾句牢騷，感歎自己的艱難境遇。他深知「信於古道者必不合於時宜，近於時宜者必或遠於古道」〔註80〕，因此很早便放棄了仕途進取的念頭，萌生出終老田園的打算：「區區衰老無似，近復於居旁營數椽，爲終焉之計。時有朋友過從以自遣，捨此

〔註77〕 （漢）何休《春秋公羊傳注疏》卷二十八，清阮刻《十三經注疏》本。

〔註78〕 （元）李存《又復危太僕書》，《俟庵集》卷二十九，清《文淵閣四庫全書》本。

〔註79〕 （元）李存《答危太僕》，《俟庵集》卷二十九，清《文淵閣四庫全書》本。

〔註80〕 （元）李存《又與危太僕》，《俟庵集》卷二十九，清《文淵閣四庫全書》本。

無足爲左右道者。」〔註 81〕李存的要求本來不高，可惜動盪的時勢卻連他這樣的要求也不能滿足，爲了躲避戰火的侵擾，他不得不艱難地選擇了背鄉離井，過上了忍饑挨餓的流浪生涯：

> 區區鄉里遂爲冦藪，頑忍且三年不去者，一以平昔與人無恩怨，或者可以相忘；二以老病連年，誠恐死於道路。只得風飱雨宿，草根木皮，甘之如飴矣。不圖近者暴橫愈甚，里之死亡十蓋八九，故爲此來，甚非得已。而赤手空囊，艱糧擇楮，遂致大窘，雖欲返吾屠羊，不可得已。〔註82〕

在這封書信中，李存表現出眞誠無隱的行文風格，感情，而非文字，構架起文章的主要脈絡：一開始他還存有幻想，天眞地以爲自己能躲過一劫，後來被迫遠走他鄉，才感受到一無所有、有家難歸的悲涼。無論是幼稚的幻想，還是切身的悲涼，李存都沒有遮遮掩掩，也沒有虛情粉飾，而是眞眞切切地把自己展現在友人面前，同時也眞眞切切地展現在讀者面前，引起讀者的強烈共鳴。

　　李存不僅能眞誠地表達自己，更願意通過書信向朋友提出眞誠的建議。李存所結識的各色人物中，在政治上成就最大的當屬玄教大宗師吳全節。吳全節是江西饒州人，出於尊重鄉賢的心理，對陸九淵之學多有宣揚扶持之功，他曾以玄教大宗師的身份，在至順二年向朝廷「進宋儒陸文安公九淵語錄，世罕知陸氏之學，是以進之」〔註83〕，不僅讓陸學進入了統治者的視野，更努力推動陸學在北方的傳播。或許是出於鄉里情誼，李存與吳全節生存環境雖然迥異，卻能相交四十餘年，期間多有書信往來。李存在信中，也曾對吳全節有過「高識遠度」〔註84〕的讚譽，並稱其文章「典雅精緻」〔註85〕，可見對他十分欽敬。不過，在攸關吳全節個人出處的大問題上，李存依然能以坦誠甚至帶點批判的語氣提出自己的建議：

> 大宗師身在京國，近日月之光者踰五十年，朝廷之尊崇錫賚，教門之榮盛，父母兄弟子侄之光顯，縉紳士夫文辭之褒美，高碑大

〔註81〕　（元）李存《與薛玄卿》，《俟庵集》卷二十九，清《文淵閣四庫全書》本。
〔註82〕　（元）李存《與吳簡文》，《俟庵集》卷二十九，清《文淵閣四庫全書》本。
〔註83〕　（元）虞集《河圖仙壇之碑》，《道園學古錄》卷二十五，《四部叢刊》景明嘉靖翻元小字本。
〔註84〕　（元）李存《通宗師書》，《俟庵集》卷二十八，清《文淵閣四庫全書》本。
〔註85〕　（元）李存《與吳宗師》，《俟庵集》卷二十九，清《文淵閣四庫全書》本。

碼，照耀山谷，長篇短歌，布滿海內者，無不有矣。翃大宗師量踰
江海，從諫如流，敬君愛親，提拔林谷寒微之士，不遺餘力，視貨
賄如土芥，天下所共聞也。獨於耆耄，未聞請鑒湖、返故棲者，何
哉？

吳全節作爲玄教大宗師，身歷八朝，受盡尊崇，李存此時勸他急流勇退，當
然不是純粹出於年老，而是有著深刻的時代背景。元代道教眾派別之中，統
治者最早接受的是全眞教，後來爲防止全眞教勢力過大，才逐漸扶植其它派
別，來自江西龍虎山的玄教便是其中之一。元代中期以後，備受打擊的全眞
教重新得到統治者的青睞，掌教苗道一與元武宗關係親密，其後又委身武宗
之子文宗，在與明宗爭奪帝位的「天曆之變」中發揮了重大作用。正因爲如
此，元文宗上臺後對全眞教信任有加，吳全節領導的玄教開始受到冷落，至
順二年（1331），朝廷下旨，在全眞教祖庭長春宮舉行齋醮儀式，而在此以前，
這樣重大的活動，常常被安排在玄教道觀崇眞宮舉行。最高統治者的好惡之
心已經盡顯，吳全節仍無歸退之意，李存冒著四十年情誼毀於一旦的風險，
批判吳全節留戀權勢，不肯歸隱。

針對吳全節可能進行的辯解，李存提前作出預料，並不依不饒地予以駁斥：

豈不曰：教門之重，難以輕畀。古今天下之士，因其時，隨其
人而已耳，若欲盡如己志，人人豈皆百歲哉？苟有百歲，所遭之境，
逆順必不齊也，亦何必以有限之身心，而爲無窮之憂慮哉？「知足
不辱」，老子之言。古之君子有舉仇者，而後世實稱美之，蓋但欲得
其人耳，或恩或怨，於我何有？

李存預測，吳全節遲遲不肯遜位，是因爲找不到中意的接班人，於是奉勸他
不必事事求全。事實上，早在吳全節接任玄教大宗師之前，其師張留孫已經
安排好他的接班人：「延祐七年，開府公（張留孫）示將解化，以教事付吳公
（全節）而命公（夏文泳）繼之。」〔註86〕而據李存信中所言，吳全節似乎
和夏文泳頗有過節。李存一方面勸解他要知足而止，一方面又批判他因爲個
人恩怨而不肯讓賢，言辭之重，已經超出一般朋友應有的語氣。或許是意識
到自己的批判過於強烈，李存緊接著又從正反兩面對吳全節曉以大義：

〔註86〕　（元）黃溍《特進上卿玄教大宗師元成文正中和翊運大眞人總攝江淮荊襄等
處道教事知集賢院道教事夏公神道碑》，陳垣《道家金石略》頁 983，文物出
版社，1988 年 6 月。

> 大宗師舉錯進退，當上師古聖賢，下爲天下後世衣褐之則，豈
> 必較區區得失勝負於一室之內、一時之頃哉？歲晚末路，最要力量，
> 平生心事，於此乎見。他日修本朝國史，方外之傳，丘、馬以後，
> 便及開府，大宗師本教事業，讜言正論，典刑翰墨，必合牽聯得書，
> 豈不榮哉？苟或毫髮指議，則爲自負平生甚矣。〔註87〕

從正面來講，能於得意處急流勇退，不僅可以保全晚節，更能夠留名青史；
從反面來講，若是迷戀權位不知進退，則難免受人指謫落下罵名。或許是聽
進了李存苦口婆心地一番勸解，吳全節終於在至順二年（1331）「告老，請以
弟子夏文泳嗣玄教，詔留公」〔註88〕，雖然朝廷多番挽留，吳全節還是逐漸
淡出了與政治分不清的宗教圈。通觀李存此信，既有義正詞嚴的指責，也有
苦口婆心的勸解，語言峻潔而流暢，感情激切而真實。

　　李存運用書信的形式，直觀地表達自己的學術思想與處世態度，感情真
切無避忌，文字平正少棱角。李存身爲陸學傳人，擁有深厚的學識和獨立的
個性，因此創作的文學作品，既能在急切的感情中蘊含溫厚的期待，又能在
平正的文字中凸顯凜冽的氣勢。

二、記序

　　在李存現存的文章之中，序記文字佔據了最大比例。李存的記文放逸汗
漫，既善於敘述、描寫，更長於議論、抒情。在爲個人廳堂作記時，能夠適
當描寫其外觀景致，如介紹筠溪堂，先說其所處壞境：「餘干之長田多大山，
而柴氏世居之，往往鑿山而屋，層見迭出如樓觀然，至不可基乃止，而傅翁
甫之築適在其左麓，前有溪流，旁復多竹。」接著介紹其具體構造：「臨溪而
構焉，修其前楹，皆立水中，薄地而板，虛實半之，四面爲窗牖，夏多南風，
多則不塞向而溫。」〔註89〕鏡頭由遠及近，給讀者留下一目了然的印象。在
爲廟堂宮觀作記時，又善於追溯其歷史淵源，如歷述雲錦觀的興廢沿革，從
傳說中「漢天師張君嘗煉丹其下，後之學者從而廬焉」，到「宋崇寧中，得賜
額曰雲錦觀」，其後又歷經多次遷址重修，至「世祖皇帝一天下，貴清靜之教，

〔註87〕　（元）李存《復通吳閒閒》，《俟庵集》卷二十九，清《文淵閣四庫全書》
　　　　　本。

〔註88〕　（元）虞集《河圖仙壇之碑》，《道園學古錄》卷二十五，《四部叢刊》景明景
　　　　　泰翻元小字本。

〔註89〕　（元）李存《筠溪堂記》，《俟庵集》卷十三，清《文淵閣四庫全書》本。

上清宮道士葉君繼靖住持茲山」，又進行了一次大的修整：「爲殿堂門廡凡若干楹，庖湢庫廄，各以次舉，共爲工一萬二千有奇。」〔註90〕前後相隔千餘年，而文字從容不迫，透露出歷史的凝重與滄桑。

　　李存在記文中善於歷史的敘述與景物的描寫，不過他筆下的大部份景觀，並沒有太悠久的歷史傳承，更無奈的是，很多景觀他甚至未能親見：「記者記也，予未即斯亭，觀其所制及其所有，將焉記諸？」〔註91〕既然不能夠詳細記敘和描寫，李存便將更多的議論和抒情滲入到記文之中。如他在爲群木軒作記時，便以樹木爲引，闡述了自己的人生哲學：

> 子徒知群木之可愛，而未知群木之可師也。夫木之適於用者，松爲上，楠次之，樟次之，楓、欅爲下。或貴而梁棟，巧而雕斲，華而藻繪，又或賤而薪樵，棄而灰炭，遇蟲而穴，得濕而腐，木亦未始樂於貴而悲於賤也。貴者亦未始自賢，而賤者亦未始自歉也。人咸賴其用，而木亦未始德焉；用爽其宜，而木亦未始怨焉。〔註92〕

李存主張以樹木爲師，提出了一種類似於道家的處世態度，無論身世際遇如何，都能坦然以對，不因世俗的榮華或淒涼而心存喜悲，不因是否有用武之地而慶幸或怨憤。李存認爲，木之區分貴賤，只是世俗之人的盲目判斷，事實上薪樵對人類的價值，絕對不亞於棟樑：「眾人之視木，梁棟若可貴，而薪樵若可賤也。然則梁棟，吾所以避燥濕寒暑者；薪樵，吾日用衣食之所資也，未必梁棟可有而薪樵可無也。」〔註93〕李存強調薪樵的日用價值，實際上也是勸慰自己，因爲他雖然心繫國家運勢，卻始終只能隱居鄉野，就像是有梁棟之材卻只能做薪樵之用的一棵大樹。正是在這樣的關聯下，李存將議論與抒情完美融合到了一起。

　　李存在議論之時，善於運用排比、反問等句式，增強文章的氣勢和說服力。如《看雲聽雨樓記》，通篇幾乎全是反問，成爲李存記文中的一朵奇葩：

> 不知方其未始作也，未始下也，而吾之所以看之聽之者，果何在耶？又不知及其既作而滅也，既下而霽也，招之而不可得，望之而無其所，而吾嚮之所以看之聽之者，又果何在耶？又不知吾之所

〔註90〕　（元）李存《雲錦觀記》，《俟庵集》卷十五，清《文淵閣四庫全書》本。
〔註91〕　（元）李存《橘隱亭記》，《俟庵集》卷十四，清《文淵閣四庫全書》本。
〔註92〕　（元）李存《群木軒記》，《俟庵集》卷十四，清《文淵閣四庫全書》本。
〔註93〕　（元）李存《散木亭記》，《俟庵集》卷十四，清《文淵閣四庫全書》本。

> 以儵焉而看，儵焉而聽者，與其油然而作，沛然而下者，果有以異
> 乎否耶？又不知雲之與雨，其形其聲，千態萬狀，至不可以象類言
> 者，亦有意乎人之看聽而然否耶？〔註94〕

雲之油然而作，雨之沛然而下，皆其本性所致，並不是爲了滿足世人的觀賞心理。同樣，世人看雲聽雨，也早已超越了雲與雨本身，而是爲了抒發自己的心情，即便在雲來之前，雨去之後，這種心情依然存在，外在的雲起雨落，不過是其內在情緒的引線而已。文章通過這一串反問，得出了「雲即我也，雨即我也」的結論，也就是現代藝術理論中常說的「審美就是審自己」。本文在語言上雖然平淡無奇，但是一個接一個的問句，卻營造出長江大河般的氣勢，引領讀者不得不隨作者一起深入思考，並最終得出與作者一樣的結論。

李存《俟庵集》中的序文，大部份都是贈送之作，通過在這些序文，最能看出李存眞實抒情、直言無忌的行文風格。這種風格首先表現在眞實表達自己，李存曾在序文中毫無隱晦地記述了自己早年因醫術不精而造成的人命錯案：

> 一八十媼痰吼上，氣脈急出，余曰：「脈當病，可作蘇子湯一劑
> 已。」明日死也。一女子脹急不穀，余曰：「此血閉病也，法當以乾
> 漆三稜輩治之。」不可，更醫，則孕氣不和證也；一女子苦濕痞，
> 脈肥肥溢指，余曰：「不害。明日作豬苓湯投之。」已晡時死也；一
> 男子溫熱，上滿下泄，鼻出血，余曰：「在傷寒法，此爲陰陽離絕，
> 不治。」更醫乃已。〔註95〕

爲了告誡友人學醫需要謹愼，李存不惜以自己作爲反面教材，用最眞實的例子給予友人最震撼的教育。在敘述自己當年誤斷的時候，李存沒有任何遮遮掩掩，沒有任何爲自己辯護的企圖，正是這種人格的眞誠，使得其文字感人至深。李存坦白當年的過失，並不是因爲心安理得不當回事兒，恰恰相反，這些事給他的人生造成了深遠的影響，此後每談起醫學之事，他總是顯得特別謹愼：

> 然則醫豈吾所敢言也乎？察於六氣而略於七情，非全工也；知
> 湯液醪醴而不知針灸，非全工也；詳於雜候而疏於脈理，非全工也；
> 氣上而取其下，不可以言工邪；在骨髓而攻其皮毛，不可以言工。

〔註94〕　（元）李存《看雲聽雨樓記》，《俟庵集》卷十五，清《文淵閣四庫全書》本。
〔註95〕　（元）李存《贈陳仲達序》，《俟庵集》卷十六，清《文淵閣四庫全書》本。

況時有陞降，稟有弱強，風氣不同，服食亦異，嗜欲有淺深，疾疢
有久新，其可一施之乎？〔註96〕

通過五個否定性的排比句，李存意在告誡時人，要想在醫學領域取得一定成
就，絕不是一件簡單的事，而是要付出很多努力，積纍很多知識，否則就難
免出現自己當年犯下的錯誤。五個排比句就像是五聲警鐘，使文章顯得氣韻
悠遠，時刻給讀者以警示作用。

　　李存率直無忌的行文風格，還表現在對國家社會的無情批判。李存雖然
身處鄉野，卻對官場之事瞭解至深，批判國家政策時也毫無避忌。他曾對地
方教官的任選方式提出質疑：

國朝之取教官也，往往以直學爲之基。教也者，喻諸道義而成
人之有造也。教於一邑，則百里之子弟賢不肖繫焉，教於一郡，則
千里之子弟賢不肖繫焉，實甚重事也。而直學蓋出納之吝者，夫出
納之吝，雖負販之子可能也，雖胥靡之子可能也，果何以試其才而
俾之師夫人乎？〔註97〕

大概與現在的學校相似，元代的官辦學校裏，也存在著教學和行政兩個系統。
直學是學校管理財務的行政官員，本身並沒有豐厚的學識和高尚的道德，政
府從直學裏面挑選教官，自然很難挑出合格的人選。在與友人的序文中，李
存還常常談起爲官之道、治民之術。曾經有友人去海南一帶爲官，他便結合
當地的風俗民情分析道：

夫嶺海要荒之服，其人願而暴，其俗樸而悍，無外郡告訐之長，
無他土變詐之習。一有拂於其心，輕則相殺傷，重則首禍亂，吏其
土者，在於略小過，存大體，安之而已耳。〔註98〕

當地的人民雖然彪悍好鬥，卻沒有什麼刁鑽的心機，李存因地制宜，提出「略
小過，存大體」的建議，反映了他高明的政治才能。

　　李存對官場的關注與瞭解，更突出表現在《送劉縣尉榮甫序》一文中。
作者一開篇便提綱挈領，指出做官有兩點最難：「非但無賄之爲難，而御吏之
爲尤難。」文章接著便分開論述，首先講追求「無賄」時面臨的困難：

〔註96〕　（元）李存《送饒孟性序》，《俟庵集》卷十九，清《文淵閣四庫全書》本。
〔註97〕　（元）李存《贈李叔陽之延平儒學學錄序》，《俟庵集》卷十九，清《文淵閣
　　　　四庫全書》本。
〔註98〕　（元）李存《趙舜咨海南海北還役序》，《俟庵集》卷十九，清《文淵閣四庫
　　　　全書》本。

> 苟知無賄，已不爲狼饕鳥攫者之所動搖，效甘薦脆者之所蠱惑，
> 而不免乎來者之誅求，僚友之酬酢，妻妾之奉，服食之美，未有不
> 中道而變焉者也。

面對美食美女的誘惑，親朋好友的拉攏，想要保持絕對的清廉，確實需要很強的道德約束力。雖然如此，李存並不感到悲觀絕望，仍然對友人及其它官吏抱有期待：

> 其或確然有以自立，毅然有所不爲，知食君之祿，除民之害而
> 無私焉者，義也。盡其在己，而無祈乎其上，脱有不幸，出於防閑
> 之所不及者，命也。如此，則曩之所謂難者，又將有不難者存。

只要秉持一顆爲國爲民之心，有所爲有所不爲，清廉無賄也並不是眞難做到。

相對於「無賄」而言，李存認爲，更難做到的是「御吏」，因爲這不僅關係到一己之心是否清廉，更關係到對社會形態的分析與把握。李存首先以同情的心態，指出胥吏橫行衙門，不僅是個人品德的問題，更有著深刻的現實背景：

> 州縣之胥，諳練乎民俗之情僞，慣嘗乎官長之巧拙，自其幼而
> 學，之壯而行之者，無非欺公罔民之事。蓋其祿不足以仰事俯育，
> 名未足以取青拾紫，使者之行縣，稍有風力而振舉其職者，械係箠
> 楚，朝施夕用，彼亦何苦而爲之，故放其良心而不知求者，亦其勢
> 然也。

從主觀能力上講，胥吏常年混跡下僚，練就欺上瞞下的本領；從客觀形勢上講，胥吏所領俸祿太低，不貪不足以養家糊口，而且升遷機會渺茫，不足以鼓勵其向善之心。李存當然也反對胥吏賣弄權勢，但卻並不一味批判謾罵，而是客觀冷靜地分析原因，爲將來解決此類問題提供參考。李存認爲，在基層衙門之中，胥吏的影響力往往超過官長，在與胥吏的對抗之中，官長常常陷入被動，更難談得上去「御吏」了：

> 彼其所掌者分，而官長之務總，彼其所資謀者眾，而官長之黨
> 寡。至又有同僚之暗謬者，則託之以爲腹心；編民之豪黠者，則援
> 之以爲黨與。

官長雖然總領其職，胥吏卻掌握著具體的公務；官長雖然高高在上，胥吏卻擁有著廣泛的人脈。在處理許多衙門事務時，官長還要仰仗胥吏，拉攏尚且唯恐不及，統御更從何談起？當然，同「無賄」一樣，「御吏」雖然困難重重，

李存卻仍有克服困難的高招：

> 其或明足以燭微，而不爲其所昏蝕；通足以合變，而不爲其所
> 陷窘。右吾之誠，或有以革其面；奮吾之斷，或有以折其奸。如此，
> 則曩之所謂難者，亦將有不難者存。

要想具備「御吏」的能力，首先要加強自身的修養，官長能夠明辨是非，胥
吏自然不敢作奸犯科。李存還主張，官長在統御胥吏時要恩威並重：既要以
果斷打消其奸謀，更要以誠心勸誘其悔過。可見他對於胥吏，憎惡之餘還是
帶著強烈的同情。

　　在分別討論了「無賄」和「御吏」之後，李存又合而論之，指出要成爲
一名好的地方官，必須二者同時具備，缺一不可：「能無賄而不能御吏，則其
政多出於弱而無以及乎物；能御吏而不能無賄，則其設施多出於術而不可以
訓。」文章有分有合，結構嚴謹，脈絡清晰，雖未經過刻意的鍛鍊，卻也不
乏鍛鍊之工。〔註99〕

　　李存的許多記序文字，並不以敘述描寫見長，而是更多地融入了自身的
見解和情感，充滿了議論和抒情。這一方面是因爲李存蝸居鄉野，聞見有限，
另一方面，也與他無視外物、直求內心的陸學修養有一定關聯。與其它古文
題材相比，李存在序記中更注重字句的鍛鍊與結構的鋪排，在凸顯文章思想
性的同時，也更多地體現了其藝術特色。

三、墓誌祭文

　　李存還留下許多墓誌碑傳文字，作爲其記錄、品評人物的一項工具。李
存爲亡友作墓誌銘，重在追溯其家族淵源、生平履歷等較爲莊重的內容，文
風也顯得平正典雅。不過偶而也加入一些生活瑣事，彰顯人物的內在品格。
如《于君孟高墓誌銘》，爲了刻畫主人公敦睦鄉鄰的形象，在稱讚其「歲旱必
齋戒而禱，有疾癘必爲攘且藥，有辯爭必解勸之，逋負度不能償者置之，喪
葬度不能給者助之」之餘，還特意記錄了他與鄰居之間的一件小事：

> 嘗有來曰：「某有某土，君之疆也，宜以歸君。而某氏欲之，若
> 何？」君笑曰：「吾不奪人欲也，子其與之。」君之基與某氏地接，
> 他日其妻死，謀葬，拘忌以禍盛，謂可拒止也。君曰：「禍福在天，

〔註99〕　（元）李存《送劉縣尉榮甫序》，《俟庵集》卷十七，清《文淵閣四庫全書》
　　　　　本。

人何能為？」闢垣牆道之人，縞冠執絏而禮之。〔註100〕

在小農經濟的時代，土地是一個家庭最重要的資產，別人佔有了他的土地，于君卻能夠一笑置之。古代人還特別注重風水，一磚一瓦皆有相生相剋之說，別人想在他住宅附近埋人，本是一件很壞風水的事，于君也能夠坦然接受。于君之所以如此對待，或許確實是因為他不重財貨，不信風水，不過更重要的卻是為了維護鄰里情誼。

李存還喜歡在墓誌銘中滲入對時勢的描寫，將人物置於具體的社會環境之下，為後人理解墓主形象提供時代的參照。如介紹張義可出任地方道錄，李存便趁機追述道：「國初制，道家以上饒張氏之傳為正一，宜主領其教事。凡郡縣之宮若觀，得以其徒之通敏於時者而官司之。由是義可判袁州錄。」〔註101〕短短一句話，既道出了張義可出任道錄的時代背景，更突顯了張氏在道教中的正統地位，為墓主張威助勢。又如「其先多顯官碩儒」的薛方彥棄儒從道，本應受到儒生的指責，李存卻結合時勢分析道：「國初科舉廢，世族子弟孤潔秀跋，率從釋老遊，故方彥亦入龍虎山中奉真院習清靜言云。」〔註102〕既然從遊釋老在當時士子中間已成一股風氣，薛方彥以儒學世家而學道，也沒有什麼大驚小怪值得苛責之處了。

李存在墓誌銘中，還記載了一位身在鄉野卻心繫社會國家的桂材甫，一定程度上可以看出李存自身的影子。桂材甫曾「從縣曹事法律」，做過基層的縣衙小吏，後來因為「時刀筆尚深刻貪舞，君不肯詭隨，遂棄去。」他不肯苟合於官場習氣，表現了崇高的道德情操。桂材甫雖然遠離官場，卻沒有選擇隱居山林，而是將更大的精力投入到服務鄉里的事業中來：「里人有貧死不能棺者，棺之；寒不能寢者，楮衾之。」不僅如此，桂材甫還時刻關注著社會政治的走向，並積極思考應對之策：

> 初，朝廷以饒產金，募民能淘採者，輸金以當其賦稅。時有無田而家則裕，願虛輸以免百役。歲久而弊，貧逃死絕者數百家，而里役代之輸。君嘗私憂曰：「國家之經入，何道而可免？按其籍，考其例，有除賦多而輸金少，使輸除相當，則可無虛輸者。上不虧國課，下足寬民窮。然則苟無賢大夫，亦不能行也。」蘊之而未發，

〔註100〕 （元）李存《于君孟高墓誌銘》，《俟庵集》卷二十四，明永樂三年李光刻本。
〔註101〕 （元）李存《道錄張君墓誌銘》，《俟庵集》卷二十四，明永樂三年李光刻本。
〔註102〕 （元）李存《薛方彥墓誌銘》，《俟庵集》卷二十四，明永樂三年李光刻本。

> 會眞定王公慶來爲尹，遂白而行之，皆悦，立均金之碑以著尹德，
> 而推所從始，則實君有力焉。

桂材甫選擇退出仕途，卻又不同於一般的隱士，從來不曾忘情於社會。同時他也深切地知道，要眞正爲百姓謀求大的福祉，又離不開官場人物的相助，畢竟自己的治理辦法再好，終究要靠地方官員來實施。這一點與李存頗有相似之處，當年「科舉制下」，李存「一試不偶，即爲隱居計」，但是正如前面所講，李存在所謂「隱居」期間，也經常與友人談論社會形勢，並向友人傳授治民之策，借友人之力實現自己的政治才能。正因爲二人經歷和思想多有共同之處，李存對桂材甫的評價，一定意義上也可以看作他自己的心聲：「余謂世之溺沒於刀筆者，或肆其志，嗜利如饑渴，老不知止，而君則幡然於盛壯之年。優游於里巷者，唯知燕享之不暇，而君之言行事，往往有及於物，亦可謂自拔尚義者矣。」不因貨利而貪戀權位，不因無位而拋棄人民，正是他們「隱而不逸」的生活方式。〔註103〕

或許是因爲體例的限制，李存在諸多墓誌銘中，通常只大略敘述了墓主生平，並未對其生活細事有太多涉及，而在追述亡友的行述、行狀中，則加入了更多對於事情細節的描寫。如敘述其學友曾子肇臨終之事，李存便詳細寫道：

> 他日忽得疳疾，但不食而泄，初若無所甚苦，候疾者皆應答如平時，但供手而寢。越數日，與其兄訣，妻子進藥，則曰：「吾疾不可起也，何藥之有？然所以飲之者，不欲拂若輩意耳。」時舒君元易來問之，子肇曰：「吾心澹然，無異平昔時也。」明日日且昃，命取水來盥，盥已，須臾而逝。〔註104〕

從得病之初的若無大礙，到突然有一天與親人訣別；從面對友人的坦露心跡，到臨終之前的從容不迫，一舉一動歷歷在目，給人以親臨其境的感覺。李存通過這些細節的描寫，也讓曾子肇超然生死的形象更加突出。另外，在行狀、行述的文字中，李存還特別注重介紹自己與狀主的交往，從而增強文章的感情厚度，如他在吳君陽《行述》中寫道：

> 僕與公家有先世之好，雖未嘗獲承一日之雅，而相聞甚稔。他

〔註103〕 （元）李存《三老材甫桂君墓誌銘》，《俟庵集》卷二十五，清《文淵閣四庫全書》本。
〔註104〕 （元）李存《曾子肇行狀》，《俟庵集》卷二十三，清《文淵閣四庫全書》本。

─226─

日偶過其季氏君錫家，公聞即來一見，握手劇談其平生，若釋氏明
心見性之學，方士煉形保氣之術，亹亹不自休……公已六十餘，察
其氣甚壯，聽其言甚慷慨也。僕雖歸盂，尚謀與公卒談，無何而以
訃聞。〔註105〕

未曾相見已先聞其名，初次見面即暢談不休，二人志趣如此相投，難免會有
相見恨晚之歎。可惜自此一見，即成永別，剛剛深化了的友情突然崩裂，作
者心中的痛苦可想而知，而他筆下的這篇《行述》，也不再僅僅是客觀的陳述，
而是更多了感情的融入。

　　當然，更能融入作者情感的還是其哀辭、祭文，尤其是《兄申伯祭文》
一篇，對兄弟情誼的描寫讓人動容。祭文先從兄弟間的思想衝突說起：「兄雅
嗜酒，弟存弗善也，又樂試刀筆吏，弟存益弗善也。好言止兄而弗得，則切
言怒兄也，至或時不相歡。」當年兄弟相處，不能言歡，現在想好好相待，
卻已不能：「今而思之，甚痛懷弗忍也。」李存接著又記述了其兄病死的過程：

　　　當兄外病時，存以為蒸濕所為，無別苦，只養胃湯一劑已。鄔
氏妹夫亦云然，遂不謁醫。明日坐起，雖兄亦自謂不害，不言歸。
又明日，食已如廁，反床而終矣。嗚呼，抑固有定命，非天枉耶？
抑亦謁醫更藥，尚可貸其死耶？是可恨而不可知也。

因為一開始病情較輕，並沒有四處求醫問診，誰知卻突然一命嗚呼，這便讓
李存心裏有了深深的愧疚，以為自己未能盡到照顧兄長的責任。李存的悲傷
還不止如此，由於兄長的去世，更讓他想起家庭的其它不幸：

　　　兄死，大人日夜以悲，七日而疾病，亦歷月而始安。嗚呼，天
胡然忍而夭吾兄也？兄胡然忍遂棄其親，使老不樂且病也？存同胞
上惟兄，下鄔氏妹，早而失母，兄弟又分處，妹嫁而甚窮，今則又
重以死亡，俾不得相友愛，啖菽藿以老。嗚呼，天哉，何至甚耶？

早年失去母親，現在又失去兄長，再加上父親的老病，妹妹的貧窮，上天對
李存，對這個家庭，確實未免太殘酷了些。李存一句「何其甚」的呼天質問，
將文章的悲劇氛圍推向高潮，也引起讀者強烈的同情和共鳴。或許是考慮到
太強烈的悲傷會影響亡靈的安息，李存最後又不忘告慰兄長，會好好撫養他
的子女：

　　　興兒且教詩書，若乃心志開通，遂使之卒業，庶慰答兄意。不然，

────────────
〔註105〕　（元）李存《吳公行述》，《俟庵集》卷二十三，清《文淵閣四庫全書》本。

薄田數畝，俾耕耨而衣食焉。振兒嘗挈而育之，又不奈其不能旦夕去

嫂懷也。快女未事於絲績，且留與嫂居，待年擇人而嫁。〔註106〕

聽了李存對後事的安排，他的兄長若地下有知，也該安心長眠了吧。通觀全篇，李存的感情如江河決塞，一度不可抑制，但是並沒有任其泛濫，而是在最後有所收斂。李存對兄長的深刻眞情，已經超越了文字的範疇，賦予了文章永久的魅力。

　　同樣是爲亡人而作，李存筆下的墓誌、行狀平正典雅，哀辭、祭文卻淒婉動人。究其原因，前者大抵是應人所求，因此不得不鄭重其事，後者多是主動所爲，因此更適合直抒眞情。作者根據不同的體制要求，表現出不同的創作風格，顯示了對文字的多面掌控能力。

四、題跋銘說

　　李存另有許多題跋文字，雖然篇幅大多短小，卻也能根據所題對象不同，呈現不同的文字風格。若爲墓誌碑傳作題跋，李存便採用史書筆法，重在敘述人物生平，如《題余玉卿夫婦墓誌銘後》，本身就是一篇很好的人物傳記；一旦爲字說作題跋，李存又開始以說理爲主，如《題從晦字說後》，引用《周易》之言，闡發「以亨行蒙」的道理。李存還善於在爲別人所作的題跋文中聯繫自己的身世，抒發自己的情感，如《書宜黃李氏族譜後》，開篇即說道：「讀宜黃李氏之族譜，於余心甚有戚戚焉，何則？吾六世祖之墓，已漫不知其所。」〔註107〕然後通篇都在感歎自己家族事跡的湮沒無聞，通過彼此無言的對比，凸顯李氏族譜的重要價值。

　　李存的題跋文字，多是爲別人的詩文集而作，但他對主人的作品並不一味誇讚，而是勇於提出自己獨到的觀點。龍虎山道士陳亨道，曾和陶淵明《歸去來兮辭》一篇，李存爲題其後，開篇先盛讚陶淵明的高尚情操：「昔陶元亮遭易代，故不肯以五斗米折腰，遂賦歸來之辭。天下後世聞其風而誦其語者，孰不以爲高？」接著卻筆鋒一轉，強調陶淵明隱居歸田，是由改朝換代、戰火紛飛的特殊時代背景所決定的，並非人人可學，世世當學。倘若沒有那樣的身世經歷，只是盲目學習陶淵明的遁世情懷，便是對陶淵明的一種誤讀：

〔註106〕　（元）李存《兄申伯祭文》，《俟庵集》卷二十三，清《文淵閣四庫全書》本。
〔註107〕　（元）李存《書宜黃李氏族譜後》，《俟庵集》卷二十六，清《文淵閣四庫全書》本。

陳君生長於國家承平之日，則又黃冠而羽衣，其所處，其所遭，

大與陶異。駕飛雲而御長風，而遊乎天地之間。玩咸池之浴日，驗

溟海之化鯨，亦豈非吾時乎？若曰無所事於其它，而徒慮夫松菊之

或荒者，則是既不役於他物，而亦將見役於松與菊矣。〔註108〕

陳道士生在太平盛世，正應該趁機遊覽大好河山，而不必像陶淵明那樣畫地
為牢，將自己囚於一隅。後世隱居之士，對陶淵明筆下的松菊歆慕有加，賦
予他們超凡脫俗、遺世獨立的品格，並常以不捨松菊為名，拒絕外出。李存
對此極力反駁，認為松菊也和其它景物一樣，都是身外不必留戀的俗物，真
正的超凡脫俗，恰是要擺脫包括松菊在內的一切外物的束縛，無憑無恃，才
能無拘無束，實現象莊子一樣的逍遙遊。李存此文欲抑先揚，以破為立，勇
於打破前人成見，自立新說，字字師心而句句在理，顯示了高超的文字技能。

　　李存的題跋文字，很少阿諛諂媚之詞，而是常常以同情的心態，在評價
別人時融入自己的思想情感，並能在平易的文字中蘊含獨到的見解。

　　李存還有相當數量的銘文、字說，藉以表述其學術思想。其中銘文多是
借室名、齋名闡發其義，字說多是借人名、字號引申道理。銘文一般都很簡
短，核心思想明確單一，多以三字或四字成句。三字句如《居敬齋銘》：

我本敬，何庸居？客他鄉，欲所驅。苟知非，問歸途。日日

行，勿斯須。久則安，聖丘夫。視吾齋，扁不虛。果能然，孔之

徒。〔註109〕

全文緊扣「居敬」二字，認為居敬就是要找回迷失的本心，日日加以呵護，
安分守己，力爭達到聖人的境界。李存還有一些四字銘文，如《用晦齋銘》：

宜晦而晦，何事於用？或傷其明，靜不可動。張子醫者，扁齋

何為？治有變通，必造其微。癡之愚之，保乃沖粹。粲粲十目，則

麄則鄙。火雲赤日，吾見其陰。冰雪冱寒，厥陽益深。如是而醫，

達造化理。大闡大行，正此生死。〔註110〕

此銘是為醫生張明翁而作，李存雖然緊扣齋名，卻也不再一味說理，而是結
合對方身份，由修性引申到養生之道。其實二者有很多相通之處，都要求以

〔註108〕　（元）李存《題陳道士和歸去來辭卷後》，《俟庵集》卷二十六，清《文淵閣
　　　　　四庫全書》本。

〔註109〕　（元）李存《居敬齋銘》，《俟庵集》卷二十一，清《文淵閣四庫全書》本。

〔註110〕　（元）李存《用晦齋銘》，《俟庵集》卷二十二，清《文淵閣四庫全書》本。

靜制動，以理治性，以平和保全純粹之道義，以陰柔追求長生之身體。李存
迎合銘主身份，卻也不妨礙說理論道。

李存很善於拆解別人的名或字，以此闡發自己的道理。具體而言，一是
引經據典，追溯命名之源，二是近物取譬，發揮名字深意。前者如《胡伯廣
名字說》：

> 臨川胡及，字伯廣，蓋有取於《詩小序・漢廣篇》「德廣所及」
> 之義也。《大學》曰：「德潤身。」《中庸》曰：「非自成己而已也。」
> 必也，先自明其明德，將推以明夫人也。及也者，豫期其可及也；
> 廣也者，周普而不狹也。此先聖賢遺言，而望於天下後世者如此。

〔註111〕

李存追溯胡及命名與取字之源，並引用《大學》、《中庸》加以佐證，旨在說
明君子不僅要獨善其身，更要推己及人，兼濟天下。這既是聖人的遺言，也
是李存對胡及的期待。後者如《胡子泉字說》，大力宣揚清泉可爲人師的品行：

> 夫泉，孕於山谷，蟄於土石，而義不主隱。發乎竇，經乎溝，
> 而世不病其污。涓乎其若稚，湧乎其若狂，遇坎而洄，得渟而停。
> 井之若拘而不怨，瀑之若顚而不驚，濺之而爲珠璣，噴之而爲霧雨。
> 不捨晝夜而不辭其勞，潤及萬物而不居其功。臨之以臺榭，來遊來
> 觀，而未始有所喜也；穀之以穢惡，以滋以漑，而未始有所怒也。
> 蹄涔也，禽獸飲之而弗辱；濤瀾也，魚龍舞之而弗榮。不自有其明
> 也，而鑒別妍醜，無或少忒；不自多其能也，而滌濯塵垢，無有弗
> 潔。滔滔乎爲河爲江，而不見其肆也；涵涵乎爲湖爲海，而自不知
> 其止也。

清泉能夠隨遇而安，不擇地而處，無論處在什麼環境，都能夠保持不喜不憂
的平和心態。清泉從不誇耀自己的品性，但是卻具備辨別美醜的能力；從不
吹噓自己的才能，但是卻具備灌漑洗塵的大功。李存總結說：「泉之變多矣，
而性則本於無爲；泉之用大矣，而德則在於不已。惟其無爲，是以不已。」
〔註112〕正因爲不追求個人的功業，才更能夠長年如一日地做好自己，而不受

〔註111〕（元）李存《胡伯廣名字說》，《俟庵集》卷二十二，清《文淵閣四庫全書》
　　　　本。
〔註112〕（元）李存《胡子泉字說》，《俟庵集》卷二十一，清《文淵閣四庫全書》
　　　　本。

自身境遇的影響，不受外界評價的干擾。這些品質正是「憂道不憂貧」的學者所需要的。

　　李存還留下一些雜文作品，形式相對比較自由，有的是對某一特定問題提出自己的見解，如面對客人對自己恃才傲物、不徇流俗的質疑，李存作《釋傲》一篇進行解釋。他認爲自己並沒有什麼特別的才能，之所以被說自命清高，是因爲世風日下，人人都自甘墮落而已：

　　　　凡吾之所以被此名者，果何由哉？昔魯人有弁冕於越者，越人群聚而怪笑之。嗚呼，豈魯人者誠足怪笑哉，見其所未嘗見也。

李存將自己比作來自孔孟之鄉的魯人，將當世之人比作未經開化的蠻夷，世人笑他罵他，只是因爲世人都不能如他那般高尚而已。客人勸他要隨時而俱下，不要立異於眾人，否則只會遭到社會的拋棄，李存完全不爲所動，而是異常堅定地表示：

　　　　吾聞之，君子者，尚其志也，居其命而不逾也。仰焉則日月星漢昭乎天，俯焉則山嶽河海互乎地，夫何慊乎哉？其於外也，可爾可爾，不爾不爾，富貴而富貴爾，貧賤而貧賤爾，生而生爾，死而死爾，何至於延延、靡靡遷遷，爲優娼皂隸之態以求媚夫兒女子乎？〔註113〕

君子只需堅守自己的志向，仰不愧天，俯不愧地，而無需在意外人的評價，更無需爲了討好世人而改變自己的操守。李存這一番慷慨的陳詞，有力回擊了客人的質疑，贏得了客人的尊重，同時也贏得了讀者的尊重。李存也曾將許多問題放在同一篇雜文裏敘述，如在《或問》一文中，針對別人一連串的提問，包括個人應否從俗、釋老是否勝儒、吏治是利是弊等，李存一一進行了簡明扼要的解答，短短二百多字的文章，蘊含了李存豐富的思想。〔註114〕

　　一般情況下，李存在表達自己的想法時都很直接坦誠，從不拐彎抹角。不過有時候，作爲一種文學手法，也會通過別人之口，轉達自己對生活的意見。如在《牧彘郎傳》一文中，作者便通過一個不知名姓的牧彘小郎，表達了自己逍遙自適的生活態度：

　　　　牧彘郎者，蓋不知其何姓名，日牧彘於東陂之上。有過而問焉者，曰：「牧彘，賤事也，而子獨奚樂哉？」牧彘郎啞然笑曰：「子

〔註113〕　（元）李存《釋傲》，《俟庵集》卷十二，清《文淵閣四庫全書》本。
〔註114〕　（元）李存《或問》，《俟庵集》卷十二，清《文淵閣四庫全書》本。

－231－

尚足與語牧兒之事之樂乎哉？吾目焉，惟吾兒見也；吾耳焉，惟吾
兒聽也；吾竿焉，惟吾兒朝也；吾杓焉，惟吾兒莫也。亦不知吾之
牧兒，兒之牧吾也，而子謂我奚樂哉？」遂長歌而去。〔註115〕

文章短小精鍊，通過一問一答，表現了兩種不同的人生態度：一種是從世俗
功利的角度出發，將工作分爲三六九等；一種是從自我修養的角度出發，將
工作當成修身養性的道場。二者一經對比，高下立見，作者的好惡取捨也不
言自明。需要說明的是，這位牧兒小郎不知名姓，正可以看作是李存自己的
化身，他的那些高尙言論，也正是李存的內心獨白。

李存沒有專門的學術著作傳世，他的學術思想，主要記錄在包括書信、
銘說在內的文學作品中。這種現象一方面讓他的思想缺乏系統性，另一方
面，思想性與文學性的結合，也讓他的思想更顯活潑，因此也更容易爲後人
接受。

關於李存的文章風格，後人曾有不同的評論。有人感歎「其孤高峭拔若
西雖華嶽」，「汗漫放逸若岷峨雪霽」〔註116〕，峭拔汗漫，儼然劉辰翁、劉將
孫父子的江西派文風；也有人稱讚「其詩文皆平正醇雅，不露圭角，粹然有
儒者之意」〔註117〕，又完全是虞集、歐陽玄的盛世文風。甚至即便是同一個
人在同一篇序中，也對其文風的多樣性有著看似分裂的認識。如明人徐旭爲
《俟庵集》作序，一邊稱讚其文「倏忽千里而不可禦」、「變化雄傑而不可羈」，
眞可謂鋒芒畢露，一邊又話鋒一轉，評價其文「簡乎其至要也，淡乎其至味
也」〔註118〕，似乎又無跡可尋。事實上，李存的文章風格也像他的文學主張，
是充分融合了江西文派與盛世文派的風格，並在二者的基礎上有所修正，奇
崛峭厲卻可羈可禦，平正典雅又不萎不靡。李存文章的最重要特點，還是在
於自抒性情，一切以感情爲出發點，文字風格視感情色彩而定，當激烈時則
激烈，當平緩時則平緩，不苟求多樣性而自然呈現出多樣性的特色。

〔註115〕（元）李存《牧兒郎傳》，《俟庵集》卷二十一，清《文淵閣四庫全書》本。
〔註116〕（明）王和謹《俟庵集序》，（元）李存《俟庵集》卷首，明永樂三年李光刻
　　　　本。
〔註117〕（清）永瑢《四庫全書總目》卷一百六十七「集部・俟庵集」，清乾隆武英殿
　　　　刻本。
〔註118〕（明）徐旭《俟庵集序》，（元）李存《俟庵集》卷首，明永樂三年李光刻
　　　　本。

第六章　李存與元代中後期的江西詩壇

　　元代中後期的江西詩壇，「宗唐」與「宗宋」不再是一個爭論的話題，虞集、揭傒斯、范梈等人提倡的「盛世文風」，反映在詩壇就成了「治世之音」，並在當時形成一定的影響。同時期的劉岳申、劉詵等江西派文人，則堅持自然性情的創作理論，文字平淡而意境悠長。李存身居鄉野而心在廟堂，一定程度上受到館閣詩人與山林詩人的共同影響。

第一節　元代中後期的江西詩壇

　　元代中後期的江西詩壇，出現了虞集、揭傒斯、范梈等著名詩人，他們打著「宗唐復古」的旗號，在「盛世之文」之外更提倡「治世之音」，要求詩歌抒發「性情之正」。另外，江西也有一些隱居不仕的詩人，如劉岳申、劉詵等，則認爲詩歌應該自出心裁，自由抒發眞實性情，不必刻意模倣古人的風格，更不必刻意拘繫自己的情感。

一、「宗唐得古」與自出心裁

　　元代詩壇雖然也有內部的爭論，但是大概而言，「宗唐得古」還是佔據了絕對的主流地位。這一理論本不始於元代，「早在南宋中後期，詩壇已經呈現出明顯的宗唐得古的趨向」〔註1〕，不過當時仍有不少人爲宋詩張目，因此這

────────────

〔註 1〕 史偉《元詩「宗唐得古」論》，《求索》，2006 年第 3 期。

種理論並未得到統一的認可。進入元代以後，較早提倡「宗唐得古」的詩人，要數浙東的戴表元，他讚賞李時可「爲詩必擬古」〔註2〕，但同時又強調：「唐且不暇爲，尚安得古？」〔註3〕明確將宗唐作爲復古的前提。戴表元「宗唐復古」的詩學主張，通過其弟子袁桷帶到了京師大都，而袁桷「文采風流，遂爲虞、楊、范、揭等先路之導」〔註4〕。虞集、楊載、范梈、揭傒斯，號稱「元詩四大家」，經過他們的大力推廣，「宗唐得古」遂成爲有元一代的代表詩論，風行之盛，以至於「近時學者，於詩無作則已，作則五言必歸黃初，歌行、樂府、七言蘄至盛唐」〔註5〕。

在宋末元初「宗唐」與「宗宋」的爭論之後，江西詩壇也逐漸形成了「宗唐得古」的風氣。如著名理學家與詩人吳澄，雖然在議論中並不完全否認宋詩的價值，但卻更加重視唐詩的地位，因爲唐詩繼承發揚了《詩經》以來的正統：

> 言詩，頌、雅、風、騷尚矣，漢、魏、晉五言，訖於陶其適也，顏、謝而下勿論，浸微浸滅。至唐陳子昂而中興，李、韋、柳因而因，杜、韓因而革。律雖始而唐，然深遠蕭散，不離於古爲得，非但句工語工字工而可。〔註6〕

此處論詩，由先秦至於唐，唐以後不著一墨，反映了其「宗唐」的基本觀點。而唐詩之所以有很高的成就，正是因爲能「不離於古」，可見他所推崇的唐詩，仍是以「得古」爲最高標準。吳澄認爲，宋詩之所以不如唐詩，是因爲作者刻意求工，反而失去了自然趣味：「黃太史（黃庭堅）必於奇，蘇學士（蘇軾）必於新，荊國丞相（王安石）必於工，此宋詩之所以不能及唐也。」〔註7〕唐詩不追求字工句奇，而是追求立意高古，這恰恰是其高明不可及之處。

「元詩四大家」之中，虞集、范梈、揭傒斯皆爲江西人，他們通過袁桷，吸收了浙東戴表元的詩學思想，同時通過師承關係，也受到吳澄的極大影響。虞集評價歷代詩歌成就，特別重視唐詩的價值：

〔註2〕　（元）戴表元《李時可詩序》，《剡源文集》卷八，清《文淵閣四庫全書》本。
〔註3〕　（元）戴表元《洪潛甫詩序》，《剡源文集》卷九，清《文淵閣四庫全書》本。
〔註4〕　（清）永瑢《四庫全書總目》卷一百六十七「清容居士集」，清乾隆武英殿刻本。
〔註5〕　（元）歐陽玄《蕭同可詩序》，《圭齋文集》卷八，《四部叢刊》景明成化本。
〔註6〕　（元）吳澄《詩府驪珠序》，《吳文正集》卷十五，清《文淵閣四庫全書》本。
〔註7〕　（元）吳澄《王實翁詩序》，《吳文正集》卷十八，清《文淵閣四庫全書》本。

> 詩之爲學，盛於漢、魏者，三曹、七子，至於諸謝，僃矣。唐
> 人諸體之作，與代終始，而李、杜爲正宗……求諸子美之所自謂，
> 盛稱《文選》而遠師蘇、李，詠歌之不足者，王右丞、孟浩然，而
> 所與者，岑參、高適，實相羽翼。後之學杜者多矣，有能旁求其所
> 以自致自得者乎？是以前宋之盛，亦有所不逮矣。〔註8〕

在歷代詩人之中，虞集遠引漢魏，近稱盛唐，在唐代詩人之中，又不僅盛讚
李白、杜甫，而且對王維、高適等人也充分認可。在虞集看來，漢魏詩壇與
唐代詩壇是一脈相承的，唐人之所以有那麼高的成就，全在於繼承了蘇、李、
三曹等前人的成果，因此若要「宗唐」，必先「復古」，二者的關係是不言自
明的。虞集尤其對杜詩格外傾心，認爲可以與《詩經》並稱：「三百篇中，夫
子獨取『秉彝好德』之章，以爲知道，蓋非學問則不足以得其性情之正，未
可以言詩也。其次則如唐杜子美之詩，或謂之詩史者，蓋可以觀時政而論治
道也。」〔註9〕宋代江西派詩人，也以杜甫爲追慕對象，不過他們學習的是杜
詩的格律，而虞集看重的是杜詩的精神。因此在虞集看來，宋人學杜詩，皆
未學到其精髓，不足爲道。

　　「元詩四大家」中的揭傒斯和范梈，都有專門的詩論著作傳世。其中揭
傒斯著《詩法正宗》，在論「詩體」流變時，對歷代詩歌進行了點評：

> 三百篇末流爲楚辭，爲樂府，爲古詩十九首，爲蘇、李五言，
> 爲建安、黃初，此詩之祖也。《文選》劉琨、阮籍、潘、陸、左、郭、
> 鮑、謝諸詩，淵明全集，此詩之宗也。齊、梁、《玉臺》，體制卑弱，
> 然杜甫於陰、何、徐、庾，稱之不置，但不可學其委靡。唐陳子昂
> 《感遇》諸篇，出人意表；李太白古風，韋蘇州、王摩詰、柳子厚、
> 儲光羲等古詩，皆平淡蕭散，近體亦無拘攣之態、嘲哳之音，此詩
> 之嫡派也。杜少陵古、律各集大成，漸趨浩蕩，正如顏魯公書一出
> 而書法盡廢，蓋其渾然天成，略無斧鑿，乃詩家運斤成風手也，是
> 以獨步千古，莫能繼之。

這段話追溯詩歌發展淵源，主張後世學者轉益多師，甚至連六朝萎靡之作，
也並沒有完全拋棄。不過揭傒斯最推重的還是唐詩，唐詩之中尤重盛唐，更

〔註8〕　（元）虞集《傅與礪詩集序》，《傅與礪文集》卷首，清《文淵閣四庫全書》
　　　　本。

〔註9〕　（元）虞集《曹上開漢泉漫稿序》，《道園學古錄》卷三十三，《四部叢刊》景
　　　　明景泰翻元小字本。

將杜甫稱爲前無古人、後無來者的集大成者。他認爲，杜甫之後再無值得學習的大家，包括中唐著名詩人韓愈、白居易等人：「韓詩太豪難學，白樂天太易不必學，晚唐體太短淺不足學。」至於兩宋的詩人，當然更加不在話下：

> 東坡詩太波瀾不可學，若宛陵之淡、山谷之奇、荊公之工、後山之苦（？）。簡齋以李、杜之才，兼陶、柳之體，最爲後來一大宗本。若近世江湖等作，非特不足觀，須是將夙生所記一聯半句一洗而空，使吾胸中無非古人之語言意思，則下筆不期於高遠而自高遠矣。〔註10〕

按照古文文法，「簡齋」之前，似乎應該有半句脫落，根據上下文推斷，大約也是「不能學」的意思。兩宋幾百年的詩壇，只有一個陳與義堪入法眼，可見其對宋詩的評價，絕難敵得過魏晉唐詩，他的詩學觀點，也同虞集一樣是屬於「宗唐得古」的。

在元代「宗唐得古」的詩學風潮中，江西是一個比較特殊的地域，江西是宋代代表詩風的發源地，在宋末元初的詩壇爭論中，也不斷有人替宋詩張目。以虞集、揭傒斯爲代表的江西詩人，之所以接受「宗唐復古」的主張，相當一部份原因，在於他們所處的政治氛圍。元代最高統治者，動不動就喜歡比擬漢、唐，虞集等作爲館閣文人，詩風追求也往往受此影響。比虞集略小並同爲館閣翰林的歐陽玄，對江西詩風的轉變曾有一段論述：

> 江西詩在宋東都時宗黃太史，號江西詩派，然不皆江西人也。南渡後，楊廷秀好爲新體詩，學者亦宗之，雖楊宗少於黃，然詩亦小變。宋末，須溪劉會孟出於廬陵，適科目廢，士子專意學詩，會孟點校諸家甚精，而自作多奇崛，眾翕然宗之，於是詩又一變矣。我元延祐以來，彌文日盛，京師諸名公咸宗魏、晉、唐，一去金宋季世之弊，而趨於雅正，詩丕變而近於古，江西士之京師者，其詩亦盡棄其舊習焉。〔註11〕

在「宗宋」向「宗唐」的轉變過程中，宋末元初的劉辰翁發揮了一定作用。不過正如前面所述，劉辰翁生性好奇，最推崇的詩人是中唐的李賀，而虞集等人出於政治的需要，自然是要學習盛唐。二者「宗唐」的大同小異，也正反映了彼此不同的時代思潮。

〔註10〕 （元）揭傒斯《詩法正宗》，清乾隆《詩學指南》本。

〔註11〕 （元）歐陽玄《羅舜美詩序》，《圭齋文集》卷八，《四部叢刊》景明成化本。

　　「宗唐得古」之風在江西詩壇的影響，絕不僅限於久居廟堂的「元詩四大家」，長期隱居山林的劉岳申、劉詵，也受到這一風氣的浸染。劉岳申於歷代詩人之中，最重晉代的陶淵明與唐代的韋應物，並對二人的詩歌有著獨到的理解。他認為陶淵明「本志不在子房、孔明下，而終身不遇漢高皇、蜀昭烈，徒賦詩飲酒，時時微見其意，而託於放曠，任其眞率，若多無所事者。」正是有了這樣的經歷與心態，「故其詩以至腴爲至澹，以雄奇恢詭爲隱居放言，要使人未易窺測」，恬淡而不失放曠的文字，只是爲了隱藏自己的壯志雄心。至於唐代的韋應物，劉岳申稱其「固富貴中人，有豪俠氣」，但是內心卻常有出世之念，「薄富貴，厭紛華」。正是因爲有這樣的身世和思想，「故其詩以盛麗爲簡寂，以疏宕爲幽雅，如神仙足官府，如佛相具莊嚴」，清淡而不失莊嚴的詩風，恰是他佛道情結的眞實反映。劉岳申對陶淵明、韋應物十分推崇，更爲時人模仿陶、韋而不至感到心痛：「言詩者曰陶、韋，而和陶效韋，高者不過自道，下者乃爲效顰。」〔註12〕眾人模仿的都是陶、韋平淡的筆墨，而不能理解陶、韋獨立的精神。他認為：「古之誦詩者以達政，而賦詩者亦以觀志。」〔註13〕社會政治隨時而變，作家志向也因人而異，創作時雖然也應該學習古人，但是更應該凸顯自己的個性。劉岳申曾爲張翥詩集作序，不僅欣賞其「疎蕩有奇氣，磊落多豪舉」的人格魅力，更稱讚其能將人格融入詩格之中：「餘事爲詩賦之章，極才情所至，無不輸寫傾竭其意欲者，使人望而知其爲非仲舉不能。」〔註14〕只有抒寫自我才情的作品，才能具有獨立無二的魅力。

　　劉詵也對魏晉和盛唐的詩風格外傾慕，他曾分析詩歌的演進過程，將其分爲兩條脈絡：「詩之爲體，三百篇之後，自李陵、蘇武送別河梁，至無名氏十九首，曹魏六朝，唐韋、柳爲一家，稱爲古體；自漢《柏梁》、《秋風》詞馴，至唐李、杜爲一家，稱爲歌行。」〔註15〕劉詵討論詩體演變，只提古體、歌行，不提近體律、絕，可見在其心目之中，唐宋近體是不足以和漢唐古體相提並論的，這也使得劉詵的「宗唐」，與時人的「宗唐」略有不同，帶有更濃厚的「復古」色彩。與虞集等人不同的是，劉詵在「宗唐」的同時並不「抑

〔註12〕　（元）劉岳申《張文先詩序》，《申齋集》卷一，清《文淵閣四庫全書》本。
〔註13〕　（元）劉岳申《送李總管赴贛州序》，《申齋集》卷二，清《文淵閣四庫全書》本。
〔註14〕　（元）劉岳申《張仲舉集序》，《申齋集》卷二，清《文淵閣四庫全書》本。
〔註15〕　（元）劉詵《夏道存詩》，《桂隱文集》卷二，清抄本。

宋」，並曾與揭傒斯辯論此事：「或者謂江西爲可薄，則實不然。」〔註16〕另外，他雖然對盛唐詩歌十分喜愛，卻並不主張後學過於模倣，而是希望詩壇出現更多的風格。劉壎曾大力批判時人學唐而至於襲唐的不良風氣：「天下之詩，於律多法杜工部《早朝》、《大明宮》、《夔府》、《秋興》之作，於長篇又多法李翰林長短句。李、杜非不佳矣，學者固當以是爲正途，然學而至於襲，襲而至於舉世若同一聲，豈不反似可厭哉？」〔註17〕詩歌創作最重要的是表現自我，雖然不排除取法古人，但那只是爲了完善自我表達的方式，在學習的同時更要自出心裁。

二、性情之正與情性之眞

虞集、揭傒斯等館閣之臣，與劉岳申、劉壎等山林之士，在詩歌創作上有不同的主張，他們既在模倣古人還是自出機杼的問題上存在爭議，更在創作態度與詩詞風格上背道而馳。

理學家談及詩文，總是容易忽視其藝術性而片面強調其思想性，大則關乎天道人心，小則繫於社會教化。元代吳澄也不例外，並曾以此判定歷代詩歌的優劣：

> 古之詩皆有爲而作，訓戒存焉，非徒修飾其辭、鏗鏘其聲而已，是以可興、可觀、可群、可怨。漢、魏猶頗近古，齊、梁以後靡矣，流連光景，摹寫物象，敝精竭神，而情性之所發，意義之所託，蔑如也。唐、宋詩人如山如海，其追躡《風》、《騷》者，固已卓然名家，然有之靡益、無之靡損者，亦總總而是。〔註18〕

在吳澄看來，詩歌的好壞不在於其字詞音律，而在於其訓善戒惡的內在價值。這裡雖然也提到「情性」，但卻並不是講個人的情感，而是強調對社會的「意義」，詩歌只有具備了「意義」，才能具備存在的價值，而不是成爲「有之靡益、無之靡損」的裝飾。吳澄也曾在其它場合多次強調：「詩以道情性之眞，自然而然之爲貴。」主張「作詩隨所感觸而寫其情」〔註19〕，不過事實上，

〔註16〕（元）劉壎《答揭曼碩學士》，《桂隱文集》卷三，清抄本。
〔註17〕（元）劉壎《與揭曼碩學士》，《桂隱文集》卷三，清抄本。
〔註18〕（元）吳澄《劉復翁詩序》，《吳文正集》卷二十二，清《文淵閣四庫全書》本。
〔註19〕（元）吳澄《陳景和詩序》，《吳文正集》卷二十二，清《文淵閣四庫全書》本。

他所謂的「情性」，絕非一己之情那麼簡單。吳澄曾評價歷代詩歌，從中可以看出他所謂「情性」的內涵：

> 詩以道情性之眞。十五國風有田夫閨婦之辭，而後世文士不能
> 及者，何也？發乎自然而非造作也。漢魏逮今，詩凡幾變，其間宏
> 才碩學之士，縱橫放肆，千彙萬狀，字以煉而精，句以琢而巧，用
> 事取其切，模擬取其似，功力極矣，而識者乃或捨旆而尚陶、韋，
> 則亦以其不煉字、不琢句、不用事，而情性之眞，近於古也。今之
> 詩人，隨其能而有所尚，各是其是，孰有能知眞是之歸者哉？〔註20〕

乍看之下，吳澄不喜歡字句鍛鍊，主張眞實情感的抒發，不過細細分析卻可以發現，這裡的「眞」並不能眞實地反映作者「各是其是」的內心，而是要眞實地「近於」上古聖人的「眞是」。漢唐文士乃至今之詩人，未必不能寫出自己的眞實情感，只是因爲不能達到《詩經》的標準，所以才被吳澄全部否決。研究者曾經指出：「他（吳澄）之所爲『情性之眞』並不完全等同於個體自然之眞感情，也不等同於個性之天眞，而是詩人情趣、情志自然眞實的發露。」〔註21〕換句通俗的話說，吳澄反對詩人鍛鍊文字，卻要求他們鍛鍊情感，而感情一旦經過鍛鍊，便不可能再有絕對的眞實與自然了。在鍛鍊情感的方法上，吳澄更主張：「約愛、惡、哀、樂、喜、怒、憂、懼、悲、欲十者之情，而歸之於禮、義、智、仁四端之性，所以性其情而不使情其性也。」〔註22〕只有結合其哲學思想，才可以看清吳澄「情性之眞」的本質。

虞集作爲吳澄的弟子，無論是學術思想還是文學思想，都受到吳澄的很大影響。他同樣認爲，詩歌創作要突出溫柔敦厚的和平氣象，不應蘊含乖戾激烈的怨憤之氣：

> 《離騷》出於幽憤之極，而《遠遊》一篇，欲超乎日月之上，
> 與泰初以爲鄰；陶淵明明乎物理，感乎世變，《讀〈山海經〉》諸作，
> 略不道人世間事；李太白浩蕩之辭，蓋傷乎大雅不作，而自放於無
> 可奈何之表者矣。近世詩人，深於怨者多工，長於情者多美，善感

〔註20〕 （元）吳澄《譚晉明詩序》，《吳文正集》卷十七，清《文淵閣四庫全書》本。
〔註21〕 查洪德《元代詩學性情論》，《文學評論》，2007 年第 2 期。
〔註22〕 （元）吳澄《鄒昀兄弟字說》，《吳文正集》卷十，清《文淵閣四庫全書》本。
在理學家的語境中，「性」是指符合仁義道德的天性，「情」是指含有個人欲望的私情。「性其情」是指讓私情符合天性，「情其性」是指讓天性陷於私情。

　　慨者不能知所歸，極放浪者不能有所反，是皆非得情性之正。惟嗜
　　欲淡泊，思慮安靜，最爲近之。〔註23〕

虞集主張，詩人要創作「辭平和而意深長」的「盛世之音」〔註24〕，正是在
這一標準的要求之下，他不惜降低對屈原《離騷》的評價，認爲通篇怨憤之
辭的《離騷》，反不如遺世獨立的《遠遊》更值得後人稱道。陶淵明、李白之
所以應該重視，也是因爲他們雖然生在「大雅不作」的時代，卻從不以怨憤
的態度抱怨社會的黑暗和自己的不遇，寧願「自放於無可奈何之表」，「不道
人世間事」，只追求自己內心的平靜，希望能和自然天道融爲一體。在虞集看
來，個人情感的強烈表達，最終會影響其道德修養，因此皆非「性情之正」，
只有抱著淡泊寧靜的態度，才能創作出符合聖人藹然之像的作品。虞集曾拿
古今詩歌進行對比：

　　古之人，以其涵煦和順之積而發於詠歌，故其聲氣明暢而溫
　　柔，淵靜而光澤。至於世故不齊，有放臣、出子、斥婦、囚奴之
　　達其情於辭者，蓋其變也，所遇之不幸者也。而後之論者，乃以
　　爲和平之辭難美，憂憤之言易工，是直以其感之速而激之深者爲
　　言耳。〔註25〕

從詩歌發展的歷史來看，表達和平之氣的是正體，表達哀怨之情的是變體，
後人爲了追求字詞的工巧，紛紛捨棄正體而學習變體，這正是虞集最反對的
現象。顯然，虞集也和吳澄一樣，反對個人情感的自然抒發，主張私情應歸
於天性，從而實現其「正」，這也正是其「以理治氣」〔註26〕的哲學主張在詩
歌理論中的反映。

　　在這樣創作精神的指導之下，虞集主張「辭和平而意深長」的盛世之音。
這種風格一方面要求感情的平淡，不要因身世遭際的不幸而發出痛苦激憤的
聲音：「必若聖賢之教，有以知其大本之所自出，而修其所當爲也。事變之來，
視乎義命而安之，則憂患利澤舉無足以動其心。則其爲言也，舒遲而澹泊，

〔註23〕　（元）虞集《胡師遠詩集序》，《道園學古錄》卷三十四，《四部叢刊》景明景
　　　　泰翻元小字本。
〔註24〕　（元）虞集《李仲淵詩集序》，《道園學古錄》卷六，《四部叢刊》景明景泰翻
　　　　元小字本。
〔註25〕　（元）虞集《李景山詩集序》，《道園學古錄》卷五，《四部叢刊》景明景泰翻
　　　　元小字本。
〔註26〕　（元）虞集《題吳先生眞樂堂記後》，《道園學古錄》卷四十，《四部叢刊》景
　　　　明景泰翻元小字本。

闇然而成章。」〔註 27〕作者要加強自身的道德修養，不要因身外事物影響其天性本心，也不要影響其詩歌創作。另一方面，這種風格也要求文字的平淡，虞集以水爲例，闡述了他的詩歌理論：「夫安流無波，演迤萬里，其深長豈易窮也？若夫風濤驚奔，瀧石險壯，是特其遇物之極於變者，而曰水之奇觀必在於是，豈觀水之術也哉？」〔註 28〕水的本性在於清靜平緩，如此才能長流萬里，世人因爲好奇的緣故，愛看江水奔騰的驚險，殊不知驚險只是一時之變。詩歌創作也是一樣，只有平和的作品才能蘊含深遠的意趣，奇崛峭厲的文字只能夠駭人一時之耳目，不可以讓人長久回味。虞集的這兩點主張是統一的，詩歌要有清和之氣，也要出於天道性情，有關社會教化：「至清莫如水，而水其出也必有源，其行也必有用。」無論是水還是詩，都要「沛然無不濟」，如此才能「非徒清」而已。〔註 29〕

　　虞集等人「性情之正」的主張，並未得到江西詩人的一致認可，譬如同時期的劉詵，便提出一套截然不同的主張。劉詵論詩也講「情性」，並以此作爲評價古今詩歌的標準：

　　　　古詩出情性，聲在閭巷間。採之被絃歌，聽者醇風還。

　　　　大音既寥闊，群喙何間關。燕碣混良璞，楚萊藏崇蘭。

　　　　妙理忽有合，正在不可刪。秋高星河空，天風吹珮環。〔註 30〕

拿這段話與前面所引吳澄的議論相比，雖然都讚賞「閭巷間」「田夫閨婦」的自然之音，但是對於後世詩人的評價卻大不相同。吳澄因後世詩人「各是其是」，不「近於古」，幾乎一概避而不論（除陶、韋外），劉詵也承認後世之作不如上古「大音」，但卻強調其「不可刪」之處，正是子夏所謂「雖小道，必有可觀者焉」（《論語·子張》）的意思。吳澄主張的「情性之眞」與虞集堅持的「性情之正」，本質上並沒有太大區別，劉詵卻是眞的在強調個人情感的眞實抒發，尊重不同作家的不同個性喜好。結合自己長期隱居鄉野的經歷，劉

〔註 27〕　（元）虞集《楊叔能詩序》，《道園學古錄》卷三十一，《四部叢刊》景明景泰翻元小字本。

〔註 28〕　（元）虞集《李景山詩集序》，《道園學古錄》卷五，《四部叢刊》景明景泰翻元小字本。

〔註 29〕　（元）虞集《胡師遠詩集序》，《道園學古錄》卷三十四，《四部叢刊》景明景泰翻元小字本。

〔註 30〕　（元）劉詵《古詩三首贈張漢臣遊金陵》，《桂隱詩集》卷一，清《文淵閣四庫全書》本。

壎提倡的作家個性，更多地包涵著山林之氣。他曾以飲食爲例，評價僧人翠微的詩歌：

> 譬之飲食，猩唇豹胎與芻豢之悅口者，皆卻而不禦，所禦者乃庾郎之淪韭，周顒之晚菘，文與可之燒筍，蘇長公之蔓菁，雖富兒之綺羅禪箪者所不取，而風致乃未易及。惟知味者知之。〔註31〕

詩人就是要尊重自己的情感，各是其是，而不必顧忌是否與別人相合，只有表現眞實的自己，才能留下獨特的風味。這裡拿來與翠微作對比的「富兒」口味，一定意義上正可以看作是充滿和平富貴之氣的所謂「治世之音」。劉壎在尊重情性的同時更重視「味」，這就脫去了理學家「性其情」還是「情其性」的爭辯，還原到詩歌的語言去評論詩歌。當然，最高的風味必然是眞味，劉壎在討論「至味」的時候，也要求詩人「大抵脫去流俗，務就眞實，古之作者正如是耳」〔註32〕。

劉壎在主張眞情至味的同時，也並不反對詩歌語言的鍛鍊，只要不影響文意的暢達，文字自然越工整越好。他評價亡友彭翔雲之詩：

> 鍛鍊精確而不廢眞意。如幽林曉花，眞寂不賞；如寒機夜織，神專而心苦；如深山遺老，語言近質，終有德人深致；如山醪溪菽，或使富兒哂鄙，而知味者獨有所領。

語言之工與意味之遠，不僅可以共存，而且可以共榮：只有經過加工，才能讓「山醪溪菽」成爲獨特的美味；只有經過鍛鍊，才能讓「深山遺老」具備高尚的品德。儘管如此，與眞情至味相比，語言的鍛鍊始終是第二位的，不能爲了追求語言的華麗而失去情味的眞實，若是「葩浮而不宿於理，富健而不永於味」，那就有些本末倒置了。〔註33〕

正是因爲這樣的創作態度，劉壎對詩風的追求也與虞集截然不同。虞集強調詩歌要思想平和，不要悲悲戚戚，劉壎卻直言不諱，詩歌更容易反映作者心底的悲傷：「作詩能窮人，誰能忍不作。但見平生愁，霏霏筆端落。」〔註34〕虞集提倡詩歌要語言平緩不要驚險峭厲，劉壎卻以江河爲例，盛讚友人詩歌的奔騰氣勢：「君詩如長江，浩浩積瀦彙。縱之瀉千里，所過不可界。」〔註35〕

〔註31〕（元）劉壎《蔬筍詩集》，《桂隱文集》卷二，清抄本。
〔註32〕（元）劉壎《答郭方春》，《桂隱文集》卷三，清抄本。
〔註33〕（元）劉壎《彭翔云詩》，《桂隱文集》卷二，清抄本。
〔註34〕（元）劉壎《作詩能窮人》，《桂隱詩集》卷一，清《文淵閣四庫全書》本。
〔註35〕（元）劉壎《和張尚德憲郎》，《桂隱詩集》卷一，清《文淵閣四庫全書》本。

劉詵還將雄奇與悲切兩種詩風放在一起比較，認爲二者雖然風格有異，卻都能反映創作者在現實生活中的無奈眞情：

> 君詩氣壓三軍盛，大將貔貅如去病。
>
> 平沙萬里穹廬高，駿騎疾驅誰敢並。
>
> 我詩悴若荒隴苗，雨斷泉枯望祈崇。
>
> 又如涼蛩抱衰草，淒咽秋風夜相應。
>
> 白頭不遇俱可憐，土偶桃人定誰勝……
>
> 古來文士多苦窮，虛名不值一欻馨。
>
> 江南微雨澹火雲，少昊行秋初布令。
>
> 相逢且勿論新詩，不如斗酒歌呼樂天命。〔註36〕

無論哀婉還是雄壯，都是作者在「苦窮」「不遇」境況下的眞實表達。或者換句話說，只要是眞實情感的自然表達，則無論是雄壯還是哀婉，一樣都是絕好的詩歌。劉詵不主張壓抑情感，不追求情感統一於古人，而是要具備自己的眞實特色，他雖然也認可「琢清貯澹」，「飄乎如輕雪之度風」的詩歌，但卻更喜歡「凝幽拔奇」，「冷乎如寒泉之落澗」的作品，因爲只有這樣的作品，才能具有「不可雜衆器」的獨特魅力。〔註37〕

　　虞集、揭傒斯等提倡「宗唐復古」，追求「治世之音」，劉岳申、劉詵等強調自出機杼、自抒性情。兩派主張各領風騷，也與各自的生活際遇有關，虞集等作爲館閣文人，詩風自然趨於平正典雅，劉詵等身在山林隱處，自然不必過於拘束，更能眞實地表達自我。

第二節　李存的詩歌理論

　　在元代中後期的江西詩壇，存在著兩股詩學風潮，李存生逢其時，詩歌理論自然也受到二者的共同影響。一方面，李存身爲一個理學家，十分強調詩歌的教化功能；另一方面，李存也強調詩歌創作中的即興自得，反對字句鍛鍊，主張抒發本心。當然，他在強調詩歌教化功能的同時，也提倡詩歌的

〔註36〕　（元）劉詵《彭清源用前韻相屬奉和爲謝》，《桂隱詩集》卷二，清《文淵閣四庫全書》本。

〔註37〕　（元）劉詵《夏道存詩》，《桂隱文集》卷二，清抄本。

美刺功能，而他所謂的眞實內心，也不可能是指完全本色的個人情感，而是符合「性情之正」的道德本心。

一、重視「性情之正」

　　李存生活在大元盛世，對國家的強大有很強的自豪感，鼓勵「廣堂之上，百執事之中」的佼佼者，多創作反映國勢氣運的太平之音：「大享之雅，清廟之頌，宜其十倍於古矣。」〔註38〕國家的氣運不僅關於廟堂文人的創作，也和隱處鄉野的詩人息息相關，因爲他們創作的詩歌，一方面受到國家教化的影響，是社會風氣的忠實反映，另一方面，也是朝廷瞭解世情的重要依據：「僕聞隨世之音，形於草野之間者，蓋著於朝廷之上。今二三子之作也，懋而豐，婉而不淫，其殆國家禮樂百年之所致歟？」〔註39〕李存沒有借用虞集等人「盛世」或「治世」的說法，而是另外創出一個「隨世之音」，由於自身所處的元代正是太平盛世，因此事實上，他所謂的「隨世之音」就是虞集等所說的「盛世之音」、「治世之音」，只不過以「隨」爲名，使詩歌去除了媚世的嫌疑，突出了頌世的客觀性。

　　李存作爲一個陸學傳人，十分重視詩歌思想的醇正，因此也像虞集一樣，主張詩歌要傳達「性情之正」。他批判世人常因外在的境遇而影響自己的內心，對物質生活的追求永不滿足，終生勞勞碌碌，殫精竭慮，反而忽略了自己的原始內心：

> 吾嘗謂世人之情，易縱而難足，豈不曰：身外之物，可意而取也。是故貧則欲富；既富已，而又欲其身之貴；既貴已，而又欲久其生。由是而顛倒其智慮，勞役其骨筋，殫其委積，忘其遲暮，而不知己者，比比然也。〔註40〕

世人只知道追求身外之物，放其本心而不知求，不知只要本心自足，則萬物皆有備於我，所謂貧富貴賤，實在不足與論。詩人只有淡漠了世俗的利害關係，才能修養自己的本心，也才能發而爲事業，感而爲詩文，內外皆不失聖賢氣象：

〔註38〕　（元）李存《和吳宗師灤京寄詩序》，《俟庵集》卷十八，清《文淵閣四庫全書》本。

〔註39〕　（元）李存《餞陳又新眞人赴京序》，《俟庵集》卷十六，清《文淵閣四庫全書》本。

〔註40〕　（元）李存《山暉堂詩序》，《俟庵集》卷十九，清《文淵閣四庫全書》本。

害之熏灼固猶火也，而利之汩溺亦猶水也，苟能於此而兩忘焉，
則此心之良，直而達之於事君臨民之際，感而形之於興、觀、群、
怨之音者，皆無邪之義也。〔註41〕

興、觀、群、怨是聖人認可的詩歌功能，「無邪」也是孔子對《詩經》的總體
評價，李存作爲一名理學家，在談論詩歌創作的時候，自然要以聖人爲標準，
要向儒家經典的《詩經》學習。「無邪」自然便是「正」，只有先端正了自己
的內心，才不會被外在的利害所左右。

爲了端正自己的性情，李存提倡靜心內省：「君子之於自屬也，莫大於先
靜其心。」〔註42〕只有在心靜如水的狀態下，才能眞誠地面對自己，勇敢地
追摹聖人，認識天賦的道德本心，不受內外情慾的誘惑：「喔喔林下雞，炯炯
窗間紙。奈此旦氣何，幽人攬衣起。於時無所爲，默識天地理。由之爲率性，
反是則迷己。求仁信尼父，言善尊孟氏。」〔註43〕只有內心平靜「無所爲」，
才不會因一己私欲迷失自我，也才能更深入地學習聖人，體悟天理。將內心
恢復到平靜的本態，感情就不會有太大的起伏，不管是面對什麼樣的境遇，
都能夠做到不喜不憂：

士君子所逢遇之不齊，而或不足以汩其心、移其志者，古今天
下蓋所同也。橫槊而賦詩，乃在於遇敵制勝之際；而掛經於牛角，
則又出於勞筋苦骨之餘。〔註44〕

判斷一個人的思想是否成熟，志向是否堅定，關鍵就是要看他能否在非常之
境中保持平常的心態。三國曹操身處赤壁戰場，仍然鎮定自若，詩情不減，「釃
酒臨江，橫槊賦詩」〔註45〕；隋末李密隱居緱山，並不抱怨生計的艱難，仍
能在生活中自得其樂，「以蒲韉乘牛，掛《漢書》一帙角上，行且讀」〔註46〕。
這樣的境界當然並不容易達到，所以才更加讓人傾慕嚮往。李存曾爲一個姓
翁的「徵商之官」作序，盛讚其身在官場猶能兼顧選編古人詩文：

〔註41〕（元）李存《汪稱隱安仁詩稿序》，《俟庵集》卷十六，清《文淵閣四庫全書》
本。
〔註42〕（元）李存《贈上官叔升遊京序》，《俟庵集》卷十八，清《文淵閣四庫全書》
本。
〔註43〕（元）李存《寄題臨川樂氏東白樓》，《俟庵集》卷二，清《文淵閣四庫全書》
本。
〔註44〕（元）李存《逢遇錄序》，《俟庵集》卷十七，清《文淵閣四庫全書》本。
〔註45〕（宋）蘇軾《赤壁賦》，《蘇文忠公全集·東坡集》卷十九，明成化刻本。
〔註46〕（宋）歐陽修《新唐書》卷八十四「李密傳」，清乾隆武英殿刻本。

> 夫以徵商之任，曉曉乎接於耳者，無非物價之低昂；紛紛乎交
> 於目者，無非商賈之往來。窮日之力，銖銖然取之於民；周月之間，
> 則又挈挈然輸之於廟。田祿之制不及，而資格之限甚嚴，其所以取
> 給於朝夕者，私其贏焉而已耳。吾嘗以爲雖甚賢者而處此，亦不免
> 有以昏其氣而怠其守，而君則獨不然。〔註47〕

只有堅守固有的志氣，才能不爲外在境遇所動，這本是聖賢追求而不必得的
精神境界，不過因爲人人皆可爲堯舜，所以普通百姓只要加強自身修養，也
可以做得比聖賢更好。

只有先磨練好了這樣的心性，才能在詩歌創作中保持和平的態度，在不
憂不懼的心態下體現「性情之正」，並進一步影響讀者，同樣不以得失爲利害，
不因喜怒動其心。在送別道士陳又新的序文中，李存表達詩歌唱和源於志氣
相符的觀點：

> 夫人之於行役也，有遂焉而以喜，有離焉而以憂，是皆不得其
> 性情之正者也。苟徒具乎籩俎以樂之，蓋不若發爲聲音以和之。然
> 非其氣之所孚，志之所同，則亦何爲而爲哉？〔註48〕

在這短短不足百字的三句話中，李存表達了三層相關聯的意思：一、對於遠
行之人來說，不必因爲眼前的離別而傷感，也不必因爲遠方的理想而喜悅，
過於動情總會干擾內心的平靜，影響道德的修養；二、對於送行之人來說，
不能爲了避免離別的傷感，而故意用酒肉營造快樂的場面，畢竟「喜」和「憂」
都不是「性情之正」，以「喜」免「憂」尤不足取。不如用和平之音進行開導，
在詩詞唱和中平靜地面對離別；三、送行之人要成功開導遠行之人，必須要
和對方有共同的志趣和心境，這種前提下所作的詩歌，才能引起對方的共鳴。
換句話說，只有先端正了自己的性情，才能去端正別人的內心。

詩人只有先端正自己的性情，才能創作出符合天道性命的詩歌。讀者讀到
這樣「和平安樂」的詩歌，內心受到一定的感化，就會革除原有的弊病，追求
無憂無懼的聖賢境界：「和平安樂之音盛，則奔趨覬覦之習息；奔趨覬覦之習
息，則人之於生，將無不遂其理矣。」通過和平安樂的治世之音，認識本心的
內在圓滿性，拋卻一己得失之念，就能「優於持盈，達於涉世」，實現「無怨

〔註47〕 （元）李存《逢遇錄序》，《俟庵集》卷十七，清《文淵閣四庫全書》本。
〔註48〕 （元）李存《餞陳又新眞人赴京序》，《俟庵集》卷十六，清《文淵閣四庫全
　　　　書》本。

惡於里閭，無怵惕於朝夕」的自在人生。〔註49〕這裡談到詩歌的功能，最主要就在於淨化人心，使人人都體認天賦的道德，從而進一步改善社會教化。

　　李存在詩歌創作的態度上，既提倡反映國家運勢的「隨世之音」，又主張符合天道性命的「性情之正」。這些理論與虞集等館閣詩人有很多形似之處，這和他們共同的理學家身份密切相關，但是另一方面也表明，李存雖然身處鄉野，卻並不能忘情於當世，而是時時以世道人心爲念，處處以廟堂文人爲法。當然，李存學習廟堂文人，是以不犧牲自己的獨特性爲前提的，譬如他提出的「隨世之音」，就與虞集等人的「治世之音」不盡相同。

二、強調「美刺」教化

　　李存有感於國家的強盛，積極提倡「隨世之音」，但是，他並不認爲詩歌要一味歌頌太平，而是要在國家政治和社會發展中起到實實在在的作用。李存特別重視詩歌的道德感化功能，也就是古人常說的「風」。「風」是《詩經》六義之首，本意是指採自民間的音樂形式，不過後人在討論時，卻更重視其藝術的表現手法。傳說作於子夏的《詩大序》如此解釋：「上以風化下，下以風刺上，主文而譎諫。言之者無罪，聞之者足以戒，故曰風。」〔註50〕這段話指出了「風」在社會政治中的雙向對流功能：一方面是官員對百姓的教化，另一方面是百姓對官員（包括下層官員對上層官員）的勸諫。簡單地說，就是運用文學的手法，表達自己的思想，博取對方的同情，無論是「刺上」還是「化下」，突出的都是感化效果。李存在論詩時特別強調：

> 風，《詩》之首義也，所以明善癉惡者也，故聖人尚焉。無所於風，何詩爲？三百篇勿論也，下讀屈原《離騷》，令人感憤眷顧，弗忍相薄遺。陶潛詩令人脩脩哉忘貧賤；李白詩蕩蕩乎廣人志、輕世欲；杜甫詩令人渾然端且厚，慨然有忠節。捨是吾未見其多益於人也。〔註51〕

細看這裡所舉的例子，屈原的《離騷》主要是在抒發「信而見疑，忠而被謗」〔註52〕的憤懣之情，倘若能傳到國君天子的耳中，一定能體諒到他的一片忠心，不再將其遺棄放逐；杜甫的詩歌，旨在宣揚自己忠君愛國的思想，倘若

〔註49〕（元）李存《山暉堂詩序》，《俟庵集》卷十九，清《文淵閣四庫全書》本。
〔註50〕（周）卜商《詩序》卷上「大序」，明《津逮秘書》本。
〔註51〕（元）李存《雜說》，《俟庵集》卷十二，清《文淵閣四庫全書》本。
〔註52〕（漢）司馬遷《史記》卷八十四《屈原賈生列傳》，清乾隆武英殿刻本。

能放上在朝官員的案頭，一定能激發他們的道德本心。這兩例主要是講詩歌對統治者的勸諫諷喻作用，另外兩例則重在凸顯詩歌對廣大百姓的教化功能。陶淵明的詩歌表達了精神對物質的超越，引導鄉野百姓在貧賤的生活中尋找自然的樂趣；李白的詩歌表達了天道對人心的超越，勸告失意士子在更高的追求中忘記世俗的得失。

李存認爲，詩歌最大的功能正在於感動世人，淨化社會，除此之外別無它用。他提倡詩歌對上的美刺功能，甚至將其視爲詩歌最重要的價值所在：「詩之有美刺，由其事之有是非也。然孟子曰：『《詩》亡然後《春秋》作。』當是時，亦豈無詩哉？美刺不當，雖詩猶無詩也。」〔註53〕孟子所謂「詩」，原本應該指的是《詩經》，作者此處有意大而化之，直言進入春秋之後，詩歌在總體上已經絕跡。這種絕跡當然不是字面上的蕩然無存，而是思想上已經失去了美刺的作用，不再能夠收入經典而已。詩歌中美刺思想的產生，當然不止是因爲「其事之有是非」，最重要的是，詩人要有辨別是非的能力，並且要有抑惡揚善的勇氣：「當詩之未亡也，行之是者美之，行之非者刺之，蓋王者之跡未熄，人猶知義，美刺得所故也。」〔註54〕詩歌中美刺的存在與否，關鍵在於詩人是否「知義」，而詩人能否「知義」，關鍵又在於社會中是否還有「王道之跡」。這段話揭示了詩歌創作與國家政治形勢的雙向關係：一方面，只有國家政治出現一定程度的清明，才能培養出深明大義的詩人，才能創作出蘊含美刺的詩歌；另一方面，詩人之所以創作蘊含美刺的詩歌，也是爲了通過自己的諷諫，讓統治者創造更加清明的國家政治。李存還曾爲《安仁訟決詩卷》作序，肯定了詩歌創作對政治改良的作用：「且是詩之作也，有慷慨奮厲之音，無怨懟迫切之氣，吾將見大夫之政成，邦君之教敷，而一郡一邑之俗，日歸於和且厚矣。」〔註55〕詩人的創作不僅能影響社會民心，也能影響官府的施政，從政、教兩方面起到對時代風氣的改良作用。

出於改良社會風氣的需要，李存更重視詩歌的「化下」功能。他讚揚錢時所作的《百行冠冕詩》，一方面是因爲詩歌傳達的忠孝思想，都是最切於日

〔註53〕（元）李存《安仁訟決詩卷序》，《俟庵集》卷二十，清《文淵閣四庫全書》本。

〔註54〕（元）李存《與吳養浩論春秋書》，《俟庵集》卷二十八，清《文淵閣四庫全書》本。

〔註55〕（元）李存《安仁訟決詩卷序》，《俟庵集》卷二十，清《文淵閣四庫全書》本。

用的基本道理，並非高不可施的虛談怪論，因此能夠「家傳而人誦之」。作者在宣揚這些道理的同時，也完全能夠切身力行：「錢子有道之士，行於家者固不待論，而不及用於時，使其苟陳力而就列，則其所贊即其所行者也。」另一方面，也因為那些詩歌可以引發讀者「反求諸己」，求其已放之心，恢復個人的「性情之正」，並進一步推動社會的和諧發展：「使家傳而人誦之，夫豈不可以少增天地之和？」李存也清醒地認識到，強調詩歌的思想性，往往就難以兼顧其藝術性，但是即便如此，仍要把思想性放在第一位：「而近之言詩者，或襮興而亂，恐其於此未必不如嚼蠟，然則如天常民彝何？」就算文字如嚼蠟般無味，只要有關「天常民彝」，也比那些只知鍛鍊文字，不知鍛鍊性情，通篇「模寫物態，流連光景」的詩歌境界更高。〔註56〕

在「刺上」和「化下」二者之中，李存似乎更注重後者，他在文中援引張耒之言，以民間戲子為例，清楚地表達了自己的觀點：

> 蕭居錢塘，人為俳優，日聚觀至數百人，或千人，其傳為慈孝、為節義事者，長幼無不慷慨長歎，至流涕，或慟哭不能終觀。有是哉，感於人心，非小補，豈盡鄙事也？〔註57〕

陸學家總是強調，世人皆有堯舜之心，同樣也都有辨別是非的能力，就算是鄉間的愚夫愚婦，也知道善善惡惡，為過往的忠義之人感慨流淚，而在為古人傷心之餘，必然也能激勵自己效法古人的決心。就連不入流品的倡優之徒，都能通過自己的表演感化人心，何況是作為四民之首的知識分子，更應該通過自己的創作移風易俗，改良社會風氣。這裡既講到了詩歌的風化功能，更強調了詩人的社會責任，因為作者與作品，本身就是密不可分的。

與只知歌功頌德的「治世之音」相比，李存更強調詩歌的感化功能，而在「刺上」和「化下」的價值取向上，李存顯然更重視「化下」。這一方面是因為李存久居鄉野，接觸「下」層人物的機會遠遠超過接觸「上」層人物的機會，另一方便也是因為，正如前面分析的那樣，陸學家改良社會的關注重點，已經開始從「得君行道」慢慢轉為「得民行道」，從「堯舜其君」慢慢轉為「堯舜其民」。當然，李存並不否認詩歌創作對上層政治的影響，只是這種影響沒有像對民間那麼巨大而已，這也存在著兩方面的原因：一是統治者往往有驕縱的心理，

〔註56〕（元）李存《百行冠冕詩序》，《俟庵集》卷十九，清《文淵閣四庫全書》本。

〔註57〕（元）李存《雜說》，《俟庵集》卷十二，清《文淵閣四庫全書》本。

並不太容易接受詩人的諷諫；二是元代的最高統治者（無論中央還是地方）往往是少數民族，對於漢文化的詩歌並不太容易理解和接受。

三、提倡即興「自得」

　　李存重視詩歌的感化功能，而詩歌之所以能具備這樣的功能，是因爲其中包含了放之四海而皆準的聖賢思想。這種思想天然地存在於每個人心中，只不過偶而會被世俗誘惑所蔽，詩人通過道德修養，實現「性情之正」，然後再通過詩歌創作引導讀者實現「性情之正」。李存提倡鍛鍊思想，卻不提倡鍛鍊文字，他認爲，好的詩歌都是作者思想的自然流露，不必經過刻意的構思，所謂「詩成非有作，清氣浩如瀉」〔註58〕，有德者自然有言。他稱讚唐代杜牧的即興創作，常能不假思索揮筆立成：「吾嘗謂杜牧之此詩，必援筆一揮而成。既成，必高歌抵掌，痛飲以自慰。何則？興之所到，辭亦隨之，初不假於思修也。」〔註59〕詩歌表達的是自己的固有思想，因此不需要過多修飾，只要詩人興致高遠，文辭便能如水銀瀉地般自然而至。事實上，過度的語言鍛鍊反而會妨礙感情的抒發，越是即興的東西就越是眞實，越是眞實的東西就越能夠打動人心。

　　李存還引用唐代柳宗元之言，重視創作之中的「自得」：「柳子厚之詩有曰：『自得本無作，天成諒非工。』予誦斯言久矣，而未之能也。」〔註60〕這裡的「未能」當然是一種謙虛的說法，同時也反映了作者對「自得」創作的更高追求。詩歌不必追求語言的工巧，不能留下造作的痕跡，只要求抒發眞情實感，實現造化天成的境界。李存追求詩歌創作的「自得」，當然就不提倡對前人的過度模倣，他承認應該學習前人的優秀成果，但是更強調創作的個人特色，隨聲附和的詩歌永遠沒有獨立存在的價值。他曾爲張伯遠詩集作序，稱讚其師古而不襲古，勇於自作新聲的創作精神：

　　　　伯遠每曰：「詩之流，固尚矣，而世之言詩者，孰不近曰李、杜，
　　　往往隨聲而和，逐步而趨。今吾之詩，非不以李、杜爲師，然非李

〔註58〕（元）李存《次張伯遠立秋日飲水》，《俟庵集》卷一，清《文淵閣四庫全書》本。

〔註59〕（元）李存《題陳士周趙文敏公詩卷》，《俟庵集》卷二十六，清《文淵閣四庫全書》本。

〔註60〕（元）李存《跋吳非吾葦間挐音集》，《俟庵集》卷二十六，清《文淵閣四庫全書》本。

非杜，殆吾語而已矣。」不知者以其言爲狂誕，知之者蓋信其深有
所自得也。故其倣古多深沉不浮，其大篇多豪蕩變化，其律多穩順
切實，雖出於資過乎人，抑亦平生盡力窮神之所及歟？間有所自喜
自許者，直謂不敢多後於古人，而人亦不以爲誇。〔註61〕

古人的創作自然有諸多可取之處，但是如果處處模倣古人，便永遠只能夠
「後於古人」，永遠不可能體現自己的特色。只有突破古人的窠臼，大膽自
書「吾語」，才能創作出獨樹一幟的不朽之作。李存提倡創作的自然天成，
當然就不會強求詩歌的統一風格。虞集等館閣詩人論詩，過份強調辭氣的
平緩，李存則既欣賞「深沉不浮」的古體，也喜歡「穩順切實」的律詩，
更不惜爲「浩蕩變化」的長篇歌行張目，不同的風格適用於不同的體制，
共同之處卻在於都能體現詩人的「自得」性情。在元代詩壇一片「宗唐得
古」的聲音之中，李存提倡獨立創作的精神，僅此一點，便足以使他不泯
然於眾人。

　　李存提倡「自得」之作，不僅表現在風格上不過份模倣古人，更表現
思想上要有獨立的見解。他所追求的「性情之正」，是直追孔孟聖賢的，因
此佔據了思想道德的制高點。對於後來世俗的道德，他並不提倡不假思索
地接受，而是要經過一番「反求諸己」的獨立思考。南宋後期的錢時，「取
昔之孝者、忠者而贊之以詩，而心以爲是二者百行之首也，遂題其詩曰《百
行冠冕詩》」。對於過往的忠孝典型，錢時雖然心存仰慕，但卻不是一味恭
維，而是勇於指出其美中之不足。李存曾爲此集作序，對錢時的做法給予
高度評價：

是故郭巨之埋兒，有以惜其所蔽；叔治之泣杖，則有以明其同
然；秀實之揮笏，咸豪之嘔血，雖出於憤烈而謂義，乃有所未安；
知本之雍順，子華之叩頭，雖陷於盜賊而見理，亦有所不可泯；孔
褒之爭死，則貶其未知倫理之輕重；王導之勸謝，則斥其位居元老
而柔邪。是皆所以引人反求諸己者。〔註62〕

晉代郭巨爲免兒子與母親爭食，不惜埋兒以奉母，並因此成爲「二十四孝」
的典範，不過在錢時、李存看來，郭巨的做法也有「所蔽」，他只知衣食奉養
爲孝道，不知「不孝有三，無後爲大」，倘若埋了兒子不能再生，豈不是犯了

〔註61〕　（元）李存《張伯遠詩集序》，《俟庵集》卷二十，清《文淵閣四庫全書》本。
〔註62〕　（元）李存《百行冠冕詩序》，《俟庵集》卷十九，清《文淵閣四庫全書》本。

天大的罪過？〔註63〕王導身爲東晉丞相，在從兄王敦作亂之時，力保司馬政權，素有「維繫倫紀，義固君臣」的美名。不過在此期間，其從弟王彬曾據理大罵王敦，「時王導在坐，爲之懼，勸彬起謝」，雖是一時緩兵之計，卻也難免顯得「柔邪」。〔註64〕李存讚賞錢時獨立思考的能力，在評價前代先賢的時候，能夠不爲固有的說法所限，只看自我本心的安與不安。別人交口稱讚的人物，只要自己覺得他有什麼不對，就要勇於指出其錯誤所在，同樣，對於可能引起非議的人物，只要自己看出他的優點，也能勇敢爲其張目。如三國時期的司馬芝（字子華），年少避難時在山間遇賊，司馬芝不忍棄母逃命，寧可坐守在母親身邊，「賊至，以刃臨芝，芝叩頭曰：『母老，唯在諸君！』」自己的生死可以置之度外，臨死之時還要把母親託付給盜賊。雖然有可能讓母親陷於不義，但是在無可奈何的情況之下，也可看出他不可泯滅的孝心。〔註65〕總之，詩人在褒貶人物時，一定要從自己的判斷出發，不能盲目聽從前人或時人的所謂「公論」。只有作者先經過一番「反求諸己」的思索，才能引領讀者同樣去深入思考，並用思考之後的獨立見解，指導自己的日常生活。李存提倡獨立自得的見解，並不是要和歷史「公論」唱反調，而是主張從更多的角度出發，去解讀古人的一言一行，既不片面拔高，也不片面貶低。另外，這些不隨世俗的獨立見解，也都是根植於基本的忠孝仁義，並沒有故意自創新說，更沒有一點離經叛道的傾向。

李存主張即興創作，不追求詩歌字句的工整，當然是源於有德者必有言、思想性高於藝術性的基本立場，同時也是擔心過份鍛鍊的字句會影響眞實情感的抒發。他反對過度模倣古人，高舉「自得」的旗幟，主張自鑄偉詞，這是因爲，一方面，他作爲江西人，身上固有一點標新立異的本性；另一方面，他作爲陸學傳人，信奉的本是直指本心、不待旁求的哲學。另外，李存強調「性情之正」，提倡「隨世之音」，也都與他理學家的身份有很大關聯，表現了他與虞集等館閣詩人相似的一面。但是由於他久居鄉野，信奉的又是直指本心的陸學，因此也很關注個人性情的抒發，雖然這性情不能等同於自然的情感，但是其獨立「自得」的創作方式，卻與劉詵等山林詩人有很大共同之處。

〔註63〕 事見（晉）干寶《搜神記》卷十一，明《津逮秘書》本。
〔註64〕 事見《晉書·王彬傳》，清乾隆武英殿刻本。
〔註65〕 事見《三國志·魏書·司馬芝傳》，《百衲本二十四史》景宋紹熙刊本。

第三節　李存的詩歌創作

　　李存一生隱居鄉野，留下了許多詩歌作品，在明永樂三年所刻《俟庵集》中，收錄詩歌十一卷，共約 120 首。至於其詩歌的特色，前人評價不多，《四庫簡明目錄》也只認為「詩則寫意而已」〔註66〕，這當然和他即興自得的創作主張有很大關係。另外，李存強調詩歌的教化功能，詩歌中也有一些關注社會民生的內容。下面根據體制的不同，分為古詩、律詩、絕句進行詳細解讀。

一、古詩

　　李存不提倡詩歌創作時刻意倣古，但是在其詩歌作品中，古體詩卻佔有相當大的成分。這也許是因為，古體詩的格式比較自由，格律的限制較寬，更加適合李存即興創作的態度。李存的古體詩以五言、七言為主，但也存在一些雜言詩，如《題虎溪三笑圖》：「行止隨時，何必限一虎溪？偶過虎溪，何笑之為？」〔註67〕四字句中加入六字句。李存還有一些工整的六言古詩，如《贈別李克明遊金陵並東閔鄧二君子》五首：

　　　　足既著幾兩屐，鼻更吸三斗酸。風雲應有所會，冰雪莫忘相看。

　　　　海內才華磊磊，窗間句讀譊譊。吾方羨子脫穎，子必笑吾繫匏。

　　　　閔子東向安否，鄧君北遊如何？豈無秋風白酒，奈此春江綠波。

　　　　詩在白鷺洲上，酒尋烏衣巷中。思君幾番夜月，寄我一襟秋風。

　　　　為己自能虛己，即人須是下人，眼底淮山冉冉，帆前江水粼粼。
〔註68〕

在中國詩壇，尤其是唐宋以後的詩壇上，六言詩並不多見，李存這些作品雖非獨創，卻也反映出他不同流俗的一些新意。

　　李存的古體詩，在文字上極少雕琢，通常都比較自然流暢，又能傳達深刻的意蘊。如《題趙子昂畫馬》：

　　　　世人相馬只相強，筋翻骨跳塵沙黃。

〔註66〕　（清）永瑢《四庫簡明目錄》頁 738，上海古籍出版社，1985 年 1 月。
〔註67〕　（元）李存《題虎溪三笑圖》，《俟庵集》卷二，清《文淵閣四庫全書》本。
〔註68〕　（元）李存《贈別李克明遊金陵並東閔鄧二君子》，《俟庵集》卷五，清《文淵閣四庫全書》本。

－253－

　　　誰知毛鬣風不動，一日試之千里長。

　　　吳興妙手天所借，白帽奚官亦閒暇。

　　　試令伯樂再相逢，不識畫圖唯識馬。〔註69〕

詩人要稱讚趙孟頫的畫技，卻首先批判世人相馬只重外貌的誤區，趙孟頫正是克服了這些誤區，對馬的優劣有獨到的判斷，因此筆下的馬才更加逼真有生氣。末句設想趙孟頫與伯樂共論相馬之術，實際上是在稱讚趙孟頫的畫作，已經超乎技而至於道了。詩歌文字如信手拈來，卻能給人留下清新的印象，悠久的回味。

　　因爲文字不重雕琢，李存的古體詩，多呈現出自然平淡的風格，如《雜詩》其一，講述了自己與一位少年的對話過程：「少年不自惜，老去百悔生。還遇少年人，告之不吾應。履歷始自見，無乃歲月傾。爲爾惜歲月，居然得嫌憎。」〔註70〕詩人老來感歎歲月的流失，並好意奉勸少年珍惜光陰，不要重蹈自己的覆轍，可惜少年並不聽從他的勸告，反而對他產生怨氣。與歲月的流失相比，也許少年的態度更讓詩人感歎。全詩恰似老翁絮語，在平淡中寄寓了深刻的感慨。李存的古體詩並非只有這一種風格，在與別人的唱和中，也有一些勁直雄壯的作品，如《次韻戚總管賦雪》，開篇即描寫了讓人心驚膽戰的戰地雪景：

　　　長風剪水不成片，城上將軍鐵爲面。

　　　五更吹角墮梅花，天女騎龍淚如霰。

　　　坐令萬瓦白參差，人在蓬萊水晶殿。

　　　黃河夜合黿鼉深，太行曉裂豺狼戰。

　　　尚憐廬阜足佳致，五百寒僧不開院。

　　　崑崙朔南日本東，未信天花一時遍。〔註71〕

詩歌先寫雪前的大風，已經讓讀者感到一股入骨的寒氣，接著又運用豐富的想像，將雪花比作梅花，將霰雨比作天女之淚，更傳遞出一種凜冽的美感。詩人還由眼前的雪景展開聯想，設想從黃河到太行山，從崑崙山到日本海，都應該被這大雪覆蓋，句中雖云「未信」，其實只是未敢相信、不敢想像罷了。

〔註69〕　（元）李存《題趙子昂畫馬》，《俟庵集》卷四，清《文淵閣四庫全書》本。

〔註70〕　（元）李存《雜詩》其一，《俟庵集》卷一，清《文淵閣四庫全書》本。

〔註71〕　（元）李存《次韻戚總管賦雪》，《俟庵集》卷二，清《文淵閣四庫全書》本。

詩歌還通過「黿鼉」、「豺狼」等一系列形象，描繪出一幅可驚可怖的壯美畫卷。此詩表現出的雄壯風格，在李存詩歌創作中並不多見，不過正因為如此，恰恰反映了其風格的多樣性。

李存喜歡在古體詩中使用重字，使上下句之間聯繫更為緊密，感情表達如水銀瀉地。如《題王氏笑閒亭》：「笑者不必閒，閒者不必笑。能笑又身閒，涉世何爾妙。」詩歌一開頭就緊扣主題，淋漓盡致地表達了作者對王氏笑、閒兼得的羨慕，也為詩尾感歎自己「雙眉久不展，有臂莫能掉」，既不得閒也笑不出的生活提供了鮮明的對比。〔註72〕但是過度使用重字，也會使詩歌失去生趣，如《齊老堂》：「齊老齊老人齊老，多少世人齊不老。史家父母昔齊老，吳家父母今齊老。」〔註73〕四句之中六次提到「齊老」，讓人覺得要麼是在故意擺弄文字，弄巧成拙；要麼已經意盡詞窮，味同嚼蠟。

另外，李存不重鍛鍊之工，有時候也難免略顯不文。如在《哀祝明遠》一詩中，李存介紹二人的交往：「他時七月暑，子與舒元易。芒鞋杖而蓋，訪我到林僻。」〔註74〕這四句詩歌粗淺無風味，只如有韻之白文，而且二三句之間，簡直不能句讀，割裂文字的痕跡非常明顯。

從內容上看，李存所作的古體詩，相當一部份是與朋友的贈答唱和。在這部份詩歌中，有的是抒發朋友之間的依依惜別之情，如《贈陳九成遊國學》，開篇即感歎：「黃雲潭潭天欲雪，陳子初來即言別。值吾築室正狼籍，為煮春茶供再啜。」李存向來支持士子遠遊，因此這裡並沒有渲染離別的惆悵，而是希望友人積極爭取更好的前程：「願君努力積分數，他日錦衣當晝歸。」〔註75〕有的是在向朋友宣傳天命性理之學，如在《贈蔣立賢之廣德任》中，直言「象山之學非高虛，六經在人一字無」〔註76〕，又如在《寄題劉氏集義齋》中，開篇先問：「義者果何物，而乃俟於集？」然後通過一連串比喻，得出「是為吾固有，鄉者徒汲汲」的結論，宣揚了陸學反求諸己、不待求旁的精神〔註77〕。李存還喜歡用設問的語氣，和朋友探討真理所在，如在《寄題汪氏退密庵》中，

〔註72〕　（元）李存《題王氏笑閒亭》，《俟庵集》卷一，清《文淵閣四庫全書》本。
〔註73〕　（元）李存《齊老堂》，《俟庵集》卷一，清《文淵閣四庫全書》本。
〔註74〕　（元）李存《哀祝明遠》，《俟庵集》卷三，清《文淵閣四庫全書》本。
〔註75〕　（元）李存《贈陳九成遊國學》，《俟庵集》卷二，清《文淵閣四庫全書》本。
〔註76〕　（元）李存《贈蔣立賢之廣德任》，《俟庵集》卷三，清《文淵閣四庫全書》本。
〔註77〕　（元）李存《寄題劉氏集義齋》，《俟庵集》卷二，清《文淵閣四庫全書》本。

便在千里之外「一笑問以偈」：

> 云何謂之退，密也果何地？若言早休官，眼底非一二。
>
> 身雖似門暇，心或未能止。若言四大離，蓋棺事則已。
>
> 紛紛長夜者，皆悟退密旨。非但如上云，十目之所視。
>
> 夫人皆可能，何取密之義？大夫天下士，未必只如此。

李存認爲，眞正的「退」並不僅僅是指退出政治舞臺，而是要擊退一切外在物質的誘惑，保持內心的平和寧靜。同時，李存也不贊成像佛教那樣四大皆空，認爲那樣的話還不如一死了事。事實上他所追求的「退」，是要應物而不役於物，自然而然，不必刻意苦求，「畫饑隨粥飯，夜則伸腳睡」，「不睹不聞間，從來白於水」，眞正的修行就是恢復天賦的本性，因此並沒有什麼秘密可言。李存最後又以一個問句結尾：「試問菴中人，如是不如是？」眞理的探討始終是在一種和諧平靜的氛圍中進行，得出的結論更容易讓人接受。〔註78〕

李存雖然身處鄉野，卻時刻關注著社會政治的發展進程。他在《汪巡檢南雄官滿過安仁且將北上賦詩爲別》一詩中，提起邊民動亂的時事：「竊聞黎猺民，煽據雷與廉。」並詳細分析事情的起因，在於朝廷重用「法家流」，以致「虛文失情實」，這才「致令犬豕徒，跳踉在嶔巇」。詩中還給出了平亂的建議，首先就要核情實，愼誅賞，「毋拘文法嚴」，然後再招募邊民中的「忠勇者」，積極打擊叛軍，「恩威貴能兼」。〔註79〕李存的這一首古體詩，體現了他所堅持的「美刺」功能，也反映了他對現實社會的關注。

李存關注社會，不僅是從政府的層面關注政治的動亂，更願意從百姓的角度反映生活的艱辛。他曾作《流民歌》一首，描述了災難面前百姓的無助：

> 邳徐二州皆凶災，流民如雲過江來。
>
> 布衣縧縗泥水破，黑妻騎驢兒在懷。
>
> 爲余言之心膽摧，剝掘榆皮蘆白荄。
>
> 只今貫鈔一升米，不去坐死何爲哉？〔註80〕

〔註78〕 （元）李存《寄題汪氏退密菴》，《俟庵集》卷一，清《文淵閣四庫全書》本。

〔註79〕 （元）李存《汪巡檢南雄官滿過安仁且將北上賦詩爲別》，《俟庵集》卷一，清《文淵閣四庫全書》本。

〔註80〕 （元）李存《流民歌》，《俟庵集》卷一，清《文淵閣四庫全書》本。

成群結隊的受災百姓，讓詩人感到肝腸寸斷，同時也會讓讀者聲淚俱下。然而詩人並沒有止於悲傷，而是敏銳地指出，百姓之所以失去活路，除了兇險的天災之外，更有政府鈔法弊端的人禍。作者另有《僞鈔謠》，對朝廷打擊僞鈔不力頗有微詞。另外，李存還曾作《義役謠》，將百姓在繁重徭役下的苦難描述得淋漓盡致：

> 八都安仁最下都，易水易旱生理無。
>
> 奉公往役名主首，半是摘蒭擔柴夫。
>
> 或因苗夆僅升斗，或衮殷實元空虛。
>
> 千中得一稱上戶，土赤聊當辰砂朱。
>
> 五更飯罷走畫卯，水潦載道歸來晡。
>
> 天下末物諸瑣碎，每以附近先供需。
>
> 課程茶酒率陪閣，所取鹽米何錙銖。
>
> 逃糧逃金不待論，職田子粒尤難輸。
>
> 公家督促過星火，唯聽捶撻生蟲蛆。〔註81〕

在這樣易水易旱的重災區，百姓生計已是艱難，卻仍要應付繁重的徭役，早上五更天就去報導，午後三五點才能回家。不僅如此，徭役工程所需要的衣食財貨，也都就近向當地百姓索取，最後將百姓盤剝殆盡，又使用暴力手段強徵租稅。如此艱難的生活，怎不讓人唏噓？詩人諷百之餘不忘勸一，盛讚好義徐君出資設置義役，幫助當地百姓擺脫苦難。但是徐君能資助一個安仁，卻無法兼顧天下的百姓，除非國家政策有變，否認百姓就永難安居。

李存既關注百姓物質的貧窮，更關注社會精神的貧窮，因此他在論詩的時候，特別重視其教化的功能，而他本人創作的詩歌，也多具有懲惡揚善的道德內涵。如《題潭州李侯祠》：

> 長沙李侯烈丈夫，孤城未陷期須臾。
>
> 殺身報國世固有，闔門不生今古無。
>
> 一時義氣塞天地，宗祀縱長非所圖。
>
> 勇哉二客亦從死，已事劍夫還自屠。
>
> 至今言者心膽破，想見生血紅模糊。

〔註81〕　（元）李存《義役謠》，《俟庵集》卷四，清《文淵閣四庫全書》本。

故家雖作孔子宅，廡下爐香人共惜。

專祠肖像一朝新，凜凜配從皆其人。

烝嘗自此千萬世，賊子亂臣生亦死。〔註82〕

這裡的李侯即是李芾，宋末著名的愛國將領，德祐年間固守潭州（今湖南長沙），面對元軍的步步緊逼，李芾拼死抵抗，誓不投降，城破之日率全家殉國。李存在正面讚揚李芾忠勇之氣的同時，還不忘拿世上的「亂臣賊子」作反面對比：李芾死後還受人景仰，雖死猶生，賊子們生前就受人唾罵，生不如死。李芾雖然是爲保宋抗元而死，但他以身殉難的愛國精神，早就超越了時代的局限，成爲各朝各代各民族中國人的共同財富，就連當日的戰場對手，直接參與潭州之戰的元軍將領崔斌，也曾寫詩憑弔李芾。李存這裡歌頌李芾，並不是通過懷念前朝來批判當局，而是希望借李芾的精神，激勵世人的忠義之心。

李存創作的古體詩，雖然有平淡與雄直的不同風格，但是卻有共同的內在核心，即對天道人心的關注，對社會教化的重視，以及對苦難百姓的同情。

二、律詩

李存還創作了大量的近體詩，律詩絕句俱有佳作。其中律詩頗有老杜風格，對仗、格律都很工整，語言雖然自然平淡，卻能在平淡中嵌入典故，使詩歌顯得淡而不俗，淺而有味。如《次吳宗師見寄韻》一詩：

學業區區老未成，西樓松竹又秋聲。

雖聞夫子稱仍貫，頗畏詩人笑屢盟。

山色有情眞宿昔，河流無潤謾平生。

白衣蒼狗成朝暮，樓外看時眼共明。〔註83〕

首聯名爲感歎學業未成，其實是感歎事業未成，一生到老仍然只能退居山林，與松竹爲伴。頷聯「仍貫」語出《論語‧先進篇》：「魯人爲長府，閔子騫曰：『仍舊貫，如之何？何必改作？』子曰：『夫人不言，言必有中。』」〔註84〕孔子稱讚閔子騫，說明他也認爲一切應當從舊，不必事事革新。「屢盟」語出

〔註82〕（元）李存《題潭州李侯祠》，《俟庵集》卷一，清《文淵閣四庫全書》本。

〔註83〕（元）李存《次吳宗師見寄韻》，《俟庵集》卷八，清《文淵閣四庫全書》本。

〔註84〕（春秋）孔子《論語‧先進篇》，「天祿琳琅叢書」景元翻宋《集解》本。

《詩經・小雅・巧言》:「君子屢盟,亂是用長。」〔註85〕屢次結盟是因爲志向不定,志向不定才會帶來爭鬥。此聯從正反兩個角度,告誡自己一定要堅守信念,不要爲追求功名而不保晚節。頸聯再次吐露自己對山林的眞情,不再汲汲於潤物的踐履。尾聯化用杜甫「天上浮雲似白衣,斯須改變如蒼狗」的名句,感歎時光的快速流失,不過同時又告慰自己,只要能夠無欲無求,置身時間之外,那麼時間的變化對自己還有什麼影響呢?杜甫的律詩向來以善於用典著稱,所謂「無一字無來處」,李存反對語言鍛鍊,在用典上自然沒有杜甫那樣精緻,但是通過此詩頷、尾二聯,也能看出其豐富的學識。

　　李存雖然不提倡語言的鍛鍊,但其律詩常有不求工之工,淺淡之中別有趣味。如《題積煙山僧房》:「積煙山上雪窗寒,到得應知得到難。」〔註86〕詩人到了山上之後,回想來時行程,才知道這一路是多麼艱難,「到得」是結果,「得到」指過程,李存將兩個字反覆來說,既讓詩歌語言有迴旋之勢,更表明了過程與結果的緊密關聯:從時間順序上講,當然是先有過程才能有結果,不過從人物心理上來說,往往是有了結果之後,才能更突出過程的意義。又如《贈倪照磨之任》:「此意不忘如不別,有詩相寄即相求。」〔註87〕朋友之間只要不忘舊情,彼此相互牽掛,是聚是離都無所謂,就算是分處兩地,仍然可以詩詞唱和,互通情感。前句兩個「不」字,說明友誼不在距離,而是內心;後句兩個「相」字,突出友誼要雙方共同努力,共同維持。李存律詩中還有許多清新別致的語句,讓人讀後會不自覺地莞爾一笑。如《送徐典史歸四明》:「誰云新識面,已是舊知心。」〔註88〕頗能給人天上掉下個林妹妹的錯覺。又如《寄易可大》:「花飛憐不住,忍獨送春歸。」〔註86〕也能讓人聯想到黃庭堅「若有人知春去處,喚取歸來同住」〔註90〕的傷感。李存有時候也通過某個傳神字眼,提升詩歌的藝術境界,如《送倪東江之上元縣主簿》:「沙頭煙際挹徵襟,嚼盡梅花出短吟。」〔註91〕「嚼梅」之說由來已久,

---

〔註85〕　(漢)毛亨《毛詩》卷十二《小雅・巧言》,《四部叢刊》景宋本。
〔註86〕　(元)李存《題積煙山僧房》,《俟庵集》卷八,清《文淵閣四庫全書》本。
〔註87〕　(元)李存《贈倪照磨之任》,《俟庵集》卷八,清《文淵閣四庫全書》本。
〔註88〕　(元)李存《送徐典史歸四明》,《俟庵集》卷六,清《文淵閣四庫全書》本。
〔註86〕　(元)李存《寄易可大》,《俟庵集》卷六,清《文淵閣四庫全書》本。
〔註90〕　(宋)黃庭堅《清平樂・春歸何處》,《山谷琴趣外篇》卷二,《四部叢刊三編》
　　　　　景宋本。
〔註91〕　(元)李存《送倪東江之上元縣主簿》,《俟庵集》卷九,清《文淵閣四庫全書》本。

北宋大文豪蘇軾，曾有「清香細細嚼梅鬚」〔註 92〕的佳句，南宋江湖詩人劉翰，也有「小腮細嚼梅花藥，吐出新詩字字香」〔註 93〕的詩句。李存「嚼梅」雖非獨創，卻也仍然不乏新意，將人的視覺與味覺進行通感，表現出詩人對梅花的品味之深。作者能從梅花中嚼出詩句，讀者自然也能從詩句中嚼出更多的情感。

　　李存所作的古體詩中，常常含有對國家政治的關注，以及對下層百姓的同情。相比之下，他在律詩中則更多地抒發了自己的情感，詩中偶而也講到戰亂，不過注重的卻是自己在戰亂中的感受。如《次友人韻二首》其二：

　　　　白水秧初插，黃梅雨亦收。賊巢渾似蟻，客意豈如鷗。

　　　　曾飲成孤樂，閒吟撥浪愁。倚欄秋待月，處處是南樓。〔註 94〕

詩人在戰亂中客居他鄉，雖然也能飲酒賦詩，身邊卻沒有了昔日的朋友，只能一個人孤飲，一個人閒愁。李存知道戰爭帶來的痛苦，但是也深深地知道，平定叛軍是政府的事，自己根本無由過問，也不願過問。他在《再次前韻二首》其一中寫道：

　　　　擾擾兵戎際，垂垂老大時。英豪宜有出，迂腐豈堪推。

　　　　文子徒多計，龐公盍早期。何由漢殿裏，重產九莖芝。〔註 95〕

亂世出英雄，自然需要人站出來重塑和平，但是這個人絕不是迂腐的自己。作者由眼前的社會形勢想到了先前的兩位古人，文子是春秋時期的思想家，周平王曾問他如何「以一人之權而欲化久亂之民」，文子對以「積德成王，積怨成亡」〔註 96〕，可惜最終並不能幫助周平王恢復王業；龐公是東漢末期的逸民，「居峴山之南，未嘗入城府」，荊州牧劉表勸他：「夫保全一身，孰若保全天下乎？」龐公對以：「各得其棲宿而已，天下非所保也。」〔註 97〕同樣是處於戰亂的時代，李存不願像文子那樣輕出無功，寧願像龐公那樣自保其身。

〔註 92〕　（宋）蘇軾《浣溪沙·醉夢昏昏曉未蘇》，《東坡詞》，明刻《宋名家詞》本。
〔註 93〕　（宋）劉翰《小宴》，（宋）陳起編《江湖小集》卷九十，清《文淵閣四庫全書》本。
〔註 94〕　（元）李存《次友人韻二首》其二，《俟庵集》卷六，清《文淵閣四庫全書》本。
〔註 95〕　（元）李存《再次前韻二首》其一，《俟庵集》卷六，清《文淵閣四庫全書》本。
〔註 96〕　（春秋戰國）辛鈃《文子》上「道德」，明萬曆五年子彙本。
〔註 97〕　（南北朝）范曄《後漢書》卷八十三「龐公傳」，《百衲本二十四史》景宋紹熙刻本。

言辭之中雖有抱怨的成分，卻也是表現出對自己處境的正確認識。

李存一生隱居鄉野，因此對陶淵明特別鍾愛，他曾在《寄傳有中》一詩中，表達了自己學習陶淵明的決心：「逐物元非得，知天即自餘。平生陶處士，吾亦愛吾廬。」〔註98〕聯想到陶淵明彭澤辭官的事跡，這裡的「逐物」便不再是理學意義上的泛指萬物，而是特指對於當官問政的內心渴望。李存告誡自己，要像陶淵明一樣放棄出仕的念頭，安心居於鄉野草廬之中。陶淵明在隱居之時最愛菊花，因此菊花也就成了隱居的象徵，李存詩中也經常提到菊花，如《餞張經歷》（八）：「別酒偶逢黃菊晚，歸筇應與赤松遊。」〔註99〕以菊與松並稱，突出其高潔之態；又如《次韻心道同遊方盤見示》：「竹下論文心共苦，菊邊呼酒興何長。」〔註100〕以菊和竹並稱，突出其山林之氣。李存另有《題菊隱》一詩：

> 河漢橫空白露流，碧叢黃蘂共悠悠。
>
> 誰人不慕陶彭澤，舉世難忘陳太丘。
>
> 籬下尚餘千古意，樽前已了一生秋。
>
> 平生縱有相看約，更待他年雪滿頭。〔註101〕

詩人在深秋和菊花共敘悠情，當然不能不想起陶淵明來。他感歎世人羨慕陶淵明都是虛假的造作，心裏面卻都希望像東漢陳寔那樣在現實政治中建功留名，只有自己願意在籬下陪菊花共度一生，直至滿頭白髮。

李存自己堅持不肯出山，卻仍然建議朝廷多從民間招攬人才。他感歎朝廷越來越不重視訪能納賢：「久無當道者，下接屢空人。」而真正的有德之士又絕不肯主動附庸權貴：「卻非河陽令，望拜馬頭塵。」〔註102〕當官的整天念茲在茲，是如何封侯拜相擴大自己的勢力，卻不知提拔有識之士為國分憂：「俗情只欲分茅土，國士終當顧草廬。」〔註103〕通過這些話也可以推論，李存在

〔註98〕　（元）李存《寄傳有中》，《俟庵集》卷六，清《文淵閣四庫全書》本。

〔註99〕　（元）李存《餞張經歷》，《俟庵集》卷八，清《文淵閣四庫全書》本。

〔註100〕　（元）李存《次韻心道同遊方盤見示》，《俟庵集》卷九，清《文淵閣四庫全書》本。

〔註101〕　（元）李存《題菊隱》，《俟庵集》卷九，清《文淵閣四庫全書》本。

〔註102〕　（元）李存《郊迎汪主簿理猷歸汪以詩謝用次其韻》，《俟庵集》卷六，清《文淵閣四庫全書》本。「屢空」語出陶淵明《五柳先生傳》：「環堵蕭然，不蔽風日，短褐穿結，簞瓢屢空。」河陽令即潘岳，為趨附權臣賈謐，每每望其車塵而拜。

〔註103〕　（元）李存《次子勉韻》其二，《俟庵集》卷八，清《文淵閣四庫全書》本。

出處問題上的矜持，也許只是覺得朝廷對自己的重視還不夠，倘若眞有重量級的官員肯像劉備那樣三顧茅廬，他也未必眞不能出山。對於身邊做官的朋友，李存總能夠表示諒解，如《和宗師灤京詩二首》其一：

> 往往聞人說上都，白沙青草世間無。
>
> 千官擁駕雲朝起，萬帳隨營雪夜鋪。
>
> 業廣殷周天所與，興追風雅客難孤。
>
> 不知范蠡當時意，獨肯扁舟老五湖？〔註104〕

詩歌爲宗師的積極入世設想了三層理由：一是借做官的機會，可以增廣遊歷；二是國家政權乃天命所歸，自然理當報效；三是自己有風雅之情，不宜深山獨處。有了這三條堅定的理由，何必再執著於江湖扁舟呢？

李存經常勸勉別人出仕，自己卻一直堅守不出，他有時將二者對照並舉，認爲二者都是合理的，並沒有什麼好壞對錯之分。如《和李唐經韻》：「笑我且求麋鹿友，期君先到鳳凰池。」〔註105〕出仕者有出仕者的理想，歸隱者有歸隱者的樂趣，只要各得其樂，實在不必強求。李存另有《贈陳士周赴鄉試》一首，分析了不同人生的不同選擇：

> 君家東閣書連屋，憶得前年爲賦詩。
>
> 師友講明今已久，賢能興起固其宜。
>
> 省闈落筆秋湖壯，御榻傳名畫影移。
>
> 我已親年方喜懼，國恩須報未爲遲。〔註106〕

陳士周首先是書香世家，然後又得師友培養，現在爭取功名報效祖國，也是學有所用的正當追求。似乎是害怕對方反問：「你爲什麼不求功名、不報國恩？」李存特意在尾聯強調自己的特殊處境，父母已入耄耋之年，自己不能棄之不管，既然忠孝不能兩全，只能先在父母身邊盡了孝心，至於報效祖國，未來畢竟還有時間。李存這樣的說辭也許只是一個藉口，不過至少表明了他的態度：每個人都有不同的處境，在出處選擇上不必求同。事實上由於特殊的社會形勢，元代文人對於出處問題一向沒有統一的要求，其中一個著名的

〔註104〕 （元）李存《和宗師灤京詩二首》其一，《俟庵集》卷八，清《文淵閣四庫全書》本。

〔註105〕 （元）李存《和李唐經韻》，《俟庵集》卷八，清《文淵閣四庫全書》本。

〔註106〕 （元）李存《贈陳士周赴鄉試》，《俟庵集》卷八，清《文淵閣四庫全書》本。

例子，就是許衡爲「道行」不惜「一聘而起」，劉因卻爲「道尊」多次拒絕朝廷的徵聘〔註107〕。某種程度上講，李存身上有劉因的影子，也曾「三以高蹈邱園薦」〔註108〕，皆不肯出山，不過他卻時時勸說別人去做許衡，對許衡本人也特別尊重：「竊聞國初許祭酒，正義堂堂古希有。諸王駙馬皆敬憚，帳下公卿列先後。」〔註109〕這也再次證明了李存在出處問題上的寬容態度。

因爲有了格律的限制，李存創作的律詩，與古體詩相比，形式上更加工整，再加上一些典故的運用，使語言不再一味平淡，而是滲入了博雅的風格。有些弔詭的是，格律的工整卻帶來了思想的自由，與古體詩相比，李存在律詩中更多也更加眞實地抒發了自己的情感。

三、絕句

李存的近體詩中還有大量的絕句，常常在短小的篇章中寄寓深遠的情懷，言有盡而意無窮，留給讀者無限的遐想與回味。李存的絕句中很多是爲圖畫所題，又能在題畫之餘表達自己豐富的情感。如《題周伯清秋江曬網圖》：「曬網夕陽斜，攜壺入荻花。平生誤識字，恨不作漁家。」〔註110〕詩人通過眼前的圖畫，想像著江上打漁的逍遙生活，最後甚至開始感歎，爲何自己竟不能作一個漁父？末句一個「誤」，一個「恨」，看似是更喜歡江上的生活，不過細細品味一下，還是更能感覺出他對讀書人身份的留戀，因此才不忍毅然去作漁父，寧願在怨憤中作一個「識字」的詩人。簡簡單單兩個字，卻將詩人的內心糾結展示得淋漓盡致。又如《題姜氏逕菊畫像》：「滿山秋葉欲青紅，地下籬邊細菊叢。華髮蕭蕭千古意，相逢忽在畫圖中。」〔註111〕前一句交代圖畫內容，滿山樹葉已經變色，不久即將飄落，而籬笆邊上的菊花卻開得正盛，通過對比的運用，更能顯示菊花不與人爭豔、只孤芳自賞的獨特品質。這種高古的品質，正是詩人一直苦苦追求的，可惜在現實中已經找不到

〔註107〕 （元）陶宗儀《南村輟耕錄》卷二「徵聘」，清《文淵閣四庫全書》本，此則記載未必實有其事，但反映了時人對許、劉二人不同出處態度的看法。

〔註108〕 （元）危素《元故番易李先生墓誌銘》，（元）李存《俟庵集》卷首，清《文淵閣四庫全書》本。

〔註109〕 （元）李存《贈陳九成遊國學》，《俟庵集》卷二，清《文淵閣四庫全書》本。

〔註110〕 （元）李存《題周伯清秋江曬網圖》，《俟庵集》卷七，清《文淵閣四庫全書》本。

〔註111〕 （元）李存《題姜氏逕菊畫像》，《俟庵集》卷十，清《文淵閣四庫全書》本。

這種品質，最後只能與菊花相逢在畫中。詩人表面上是在稱讚菊花，實際上也隱含了對人心不古的強烈批判。

李存有一些題畫的絕句，完全不提畫面的內容，而是直接發揮自己的想像，譬如《有畫明皇貴妃上馬者明皇既上猶顧貴妃而妃有欲上不上之意》：「四海漁陽一鼓鼙，巫雲峽雨暗旌旗。君王依舊頻回首，得似如今上馬遲。」〔註112〕因為絕句的體制太短，詩人只好將對畫面的介紹放在詩題之中，正文則假設了另一幅場景與之對照：畫中的楊貴妃自恃得唐明皇寵愛，還能「欲上不上」撒嬌賭氣，豈知到了大難臨頭的時候，彼此性命都不能相顧。詩人題畫之餘另作一「畫」，在對照之中凸顯歷史與人生的無常。再如《題梅雪圖》：「道人心本閒，亦畏六月熱。赤汗不自揮，開窗見梅雪。」〔註113〕梅和雪都是世人常見的景物，因此詩人不再對畫面本身詳細介紹，而是重在突出看畫人的感受。都說心靜自然涼，詩人便從一個心靜如水的道人下筆，道人雖然心靜，終究抵不過六月的酷熱，但是只要看一眼梅雪圖，所有的熱意立刻消淨。詩人通過道心、酷暑、圖畫的多重對比，突出了畫面寒氣凌人的逼真效果。

李存創作的絕句之中，還有一些詠物詩，讀來也是別有情趣。如《讀書燈》：「檠短高低近小臺，燈花如粟夜深開。聖賢事業雖千載，盡向光明照得來。」〔註114〕前一句對油燈進行了簡單的描寫，後一句卻強調它在傳播聖賢事業中的重要作用，詩人能從小事物中發現大價值，但是又絲毫不顯得牽強，立意可謂不俗。李存還有多首歌詠梅花的絕句，並不單純描寫梅花，更是通過梅花表達自己對高尚品性的追求。如《孤梅》：「冰霜嚴嚴心自春，杏桃華華非爾群。生前不識習鑿齒，身後豈無揚子雲。」〔註115〕前一句從外人的角度，讚揚梅花不受外界影響、不與世俗為伍的清高品性；後一句用梅花的語氣，聲明自己並非刻意為世人做楷模。習鑿齒選擇在梅下定居，揚雄也曾在居所種植櫻梅，他們自願親近梅花，梅花並無意親近他們。前者避亂歸隱，後者趨附新朝，無論高尚還是卑下，都是他們固有的品德，不是梅花教給他們的。詩中的梅花像一個超凡絕塵的仙子，既不願意被塵世污染，也不願意來淨化塵世。再看《梅影》一首：「池邊壁上紗窗外，時見玲瓏玉一枝。只有

〔註112〕（元）李存《有畫明皇貴妃上馬者明皇既上猶顧貴妃而妃有欲上不上之意》，《俟庵集》卷十一，清《文淵閣四庫全書》本。

〔註113〕（元）李存《題梅雪圖》，《俟庵集》卷七，清《文淵閣四庫全書》本。

〔註114〕（元）李存《讀書燈》，《俟庵集》卷十，清《文淵閣四庫全書》本。

〔註115〕（元）李存《孤梅》，《俟庵集》卷十，清《文淵閣四庫全書》本。

清泉並素月，古今眞是畫梅師。」〔註116〕世上的文人墨客摹畫梅花，往往會在筆下寄寓太多的個人情感，未必符合梅花的本意，只有清泉和素月，自身也像梅花一樣超凡脫俗，才能夠心無雜念地襯托梅花的高潔，所以這才是眞正的「畫師」。

梅花不願意被世人打擾，也不願意被世人學習，不過李存出於對高潔品性的嚮往，還是對梅花充滿了渴求。試看《尋梅》：「野煙迢迢斷岸口，落日翳翳荒城隅。古今蒼茫興不盡，忽逢茅店一躊躇。」〔註117〕詩人有感於歷史的蒼茫與現實的凋敝，想要尋找梅花以求精神的解脫，可惜從岸口到城隅，找來找去總找不見。最後一句在茅店前躊躇，究竟是看到了梅花還是選擇了放棄，給讀者留下豐富的想像空白。李存不僅自己喜歡梅花的高潔，甚至還想像將這份高古的情意寄給友人，再看《寄梅》：「忽憶故人吳養浩，關山萬里赴燕臺。梅花一枝有古意，恨滿東風寄不來。」〔註118〕友人吳養浩遠在北國，不能見到南方的梅花，因此詩人便設想借由東風將梅花的香氣寄到北國，可惜東風不肯作美，終究還是不能寄去。李存還有《落梅》、《畫梅》兩首，此處不再繁引，通過上面幾首詩歌，已經足以說明他對梅花的喜愛。

李存還有許多與和尙、道士交往的詩歌，除了互通情感之外，還常在詩歌中涉及佛道思想。但是，李存並非是皈依佛道，在敘述佛道思想時也更多是站在理學家的立場。如《送盛上人二首》其二：「西域傳經白馬駝，後人無奈葛藤何。直須參透看自己，佛法元來甚不多。」〔註119〕佛教歷史上功德無量的白馬傳經，在李存看來卻成了束縛後人思想的藤葛，因爲陸學是主張直指本心「看自己」的，這一點與不立文字、教外別傳的禪宗頗有相似之處。又如《題潘宗遠歸隱庵》：「煉師已是素隱者，又欲結庵歸隱乎？自爲有身終有患，從來無汝亦無吾。」〔註120〕詩人作爲一名道外人士，對煉師的一再歸隱提出質疑，並借助老子之言勸解煉師，只要有身即爲有患，隱與不隱並無區別，眞正的歸隱在於心靈，只有在心理上突破物我的限制，才能實現眞正

〔註116〕　（元）李存《梅影》，《俟庵集》卷十，清《文淵閣四庫全書》本。
〔註117〕　（元）李存《尋梅》，《俟庵集》卷十，清《文淵閣四庫全書》本。
〔註118〕　（元）李存《寄梅》，《俟庵集》卷十，清《文淵閣四庫全書》本。
〔註119〕　（元）李存《送盛上人二首》其二，《俟庵集》卷十，清《文淵閣四庫全書》本。
〔註120〕　（元）李存《題潘宗遠歸隱庵》，《俟庵集》卷十一，清《文淵閣四庫全書》本。

的自由。李存還以儒家的中庸思想消解佛道的虛無觀念，如《導中庸樓二首》其二：「坐禪山中圖出世，望仙海上求長生。何似饒家課奴隸，夜深機杼晝長耕。」〔註121〕佛教以塵世爲苦海，以死亡爲解脫，道教追求長生不老，飛升成仙，在李存看來，二者都是虛無不實的表現。只有儒家的中庸思想，要求人們實實在在地生活，所謂道在百姓日用之間，最平常的生活就是最眞實的修行。李存鼓勵世人在平淡的生活中體會聖賢的樂趣，他在《贈曾氏詠沂齋》一詩中寫道：「籬根蝴蝶草萋萋，簷外桐花燕子飛。與客焚香煮茶罷，更須沂上詠而歸。」〔註122〕詩中的場景皆爲生活中常見，不過「浴乎沂，風乎舞雩，詠而歸」〔註123〕卻是孔子弟子曾點的志向，並得到孔子的高度讚賞。儒家主張道不離事，這才是李存眞正的精神歸宿。

李存在闡述其理學思想時，也常常運用文學的手法，使思想的表達更加形象具體，更能爲讀者接受。如爲了說明爲學須有源頭的道理，他在《題來清亭》寫道：「堂前池水甚清漣，爲有源頭一道泉。莫訝主人賢若此，詩書簪笏已多年。」〔註124〕詩歌化用朱熹「問渠那得清如許，爲有源頭活水來」〔註125〕的名句，將人心比作池水，只有通過詩書教化，尊秉天道本源，才能確保本心清靜，追求聖賢景象。又如《題存存齋》：「此心如客已經年，南北東西是處緣。想見高人春睡起，落花風靜正綿綿。」〔註126〕爲了說明存其本心的重要性，李存將心靈擬人化處理：心靈爲俗世所牽絆，不得片刻安寧，正如行人四處奔波，漫無所依；眞正高明的人，會及時停止遠行的步伐，在花香風柔中酣然入睡，同樣，修道之士也應該及時求其已放之心，使其恢復寧靜。這樣的說理方法，也體現了李存理學家之外的藝術情趣。

與其它詩歌形式相比，李存創作的絕句文學氣息更爲濃厚，常常營造出言有盡而意無窮的獨特韻味。另外，詩中的情感也更爲平淡，既少有對社會民生的感歎，也很少對個人出處的糾結，卻能在不聲不響中沁人心脾，讓人動容。

〔註121〕 （元）李存《導中庸樓二首》其二，《俟庵集》卷十一，清《文淵閣四庫全書》本。

〔註122〕 （元）李存《贈曾氏詠沂齋》，《俟庵集》卷十，清《文淵閣四庫全書》本。

〔註123〕 （春秋）孔子《論語・先進篇》，「天祿琳琅叢書」景元翻宋《集解》本。

〔註124〕 （元）李存《題來清亭》，《俟庵集》卷十，清《文淵閣四庫全書》本。

〔註125〕 （宋）朱熹《觀書有感二首》其一，《晦庵集》卷二，《四部叢刊》景明嘉靖本。

〔註126〕 （元）李存《題存存齋》，《俟庵集》卷十，清《文淵閣四庫全書》本。

　　李存的詩歌創作，基本上都是內心的即興寫照，缺少文字的用心鍛鍊，除了部份古體詩之外，總體風格是平淡自然，感情眞實充沛。近體詩中雖然經常運用典故，不過大多都是信手拈來，並不影響語言的流暢，具有不求工而愈工之妙。從內容上講，很多都是在敘述一己之悲歡，內心之糾結，對於世道人心和社會教化，沒有表現出他在論詩時的那麼重視。

餘　論

　　本書以元代陸學與江西文壇的交叉爲切入點，以劉壎與李存爲重點研究
對象，在介紹元代前、中後期思想潮流與江西各階段文壇風氣的基礎上，分
析了劉壎與李存的陸學思想，以及在陸學思想影響下的文學理論與詩文創
作，力求做到點面結合、文道合一。上、下兩篇以人物爲中心，從相對微觀
的角度做了個案研究，下面再從宏觀出發，討論一下元代陸學的地位與影響，
以及劉壎、李存在元代文學史上的地位。

第一節　元代陸學的地位與影響

　　元朝是少數民族建立的政權，中國傳統學術的發展受到一定影響，就連
講求天道性命的理學，此時也逐漸「流而爲文」。在這樣的社會背景下，元代
陸學在發展的過程中，並沒有出現特別有名望的大家，僅有的劉壎與陳苑、
李存等人，思想上也以繼承爲主，很少出現理論的創新。儘管如此，我們還
是不能簡單否定元代陸學的地位，因爲它在宋代陸學嚮明代王學發展的過程
中，仍然發揮著重要的橋梁作用。另一方面，我們也要注意元代陸學的社會
影響，其中包括對社會倫理的影響，以及對佛道的影響。

一、元代陸學與社會教化

　　在元代的傳統思想界，朱學佔據了統治地位，元仁宗恢復科舉之後，更
將朱學作爲科舉考試的標準。相比之下，陸學在元代的地位相對較低，不過

仍有許多陸學家，通過自己的努力影響著社會，而其影響社會的途徑，首先就是通過教育。

　　元代前期的劉壎，在宣揚陸學思想的同時，也提出了自己的教育思想。「劉壎教育思想的突出特點，在於他積極主張調和朱熹和陸九淵的某些教育思想」。〔註1〕劉壎不反對讀書，卻反對士人「日夕汲汲，惟黃冊之文是務」〔註2〕，其教育思想最鮮明的特色還是明本心、重踐履：「以仁義培其根原，以事物煉其智識。惟不失其良，貴與造物遊。」〔註3〕元世祖忽必烈去世以後，劉壎曾長期擔任南豐州學正，晚年更是遠赴福建，任延平郡儒學教授，將自己的教育思想付諸實踐，並且受到廣大士子的歡迎：「延平官滿既代，諸生不容其去，復留受業者三年乃歸。」〔註4〕可惜由於資料匱乏，劉壎的具體教學過程難以還原，並且也沒有培養出特別有名的弟子，不過通過其教育思想，也可以想見其教學風格。

　　到了元代中期，陸學獲得了進一步發展，陸學家的教育思想也更爲後人關注。江西師範大學教育科學學院碩士研究生張東海，在其學位論文《元代江西陸學教育哲學思想研究》中，從道德教育、知識教育、美學教育等不同層面，對元代陸學家尤其是中期陳苑、李存的教育思想作了比較詳細的論述。〔註5〕不過由於陳苑、李存等人多不出仕，其教育思想的影響，往往只能局限於師弟子之間的傳授。陳苑在江西堅守陸學，並通過個人的言傳身教，將陸學的教育思想傳給下一代。譬如李存向陳苑求學之初，「陳氏曰：『無多言，心虛而口實耳。』未有所契，復造焉，曰：『無多言，心恒虛而口恒實耳。』夙夜省察，始信力行之難，於是惟日孜孜究明本心」〔註6〕。不是直接詳細地向學生講明，而是注重啓發學生的自我感悟能力。李存繼承了陳苑的教育方

〔註1〕　劉桂林《淺論劉壎教育思想》，「《教育史研究》創刊二十週年暨中國教育史研究六十年學術研討會」論文，2009年。

〔註2〕　（元）劉壎《隱居通議》卷一「理學一・古人自少力學」，清《海山仙館叢書》本。

〔註3〕　（元）劉壎《回宜川黃親書》，《水雲村稿》卷十一，清《文淵閣四庫全書》本。

〔註4〕　（元）吳澄《故延平路儒學教授南豐劉君墓表》，《吳文正集》卷七十一，清《文淵閣四庫全書》本。

〔註5〕　張東海《元代江西陸學教育哲學思想研究》，江西師範大學教育科學學院碩士學位論文，2002年4月。

〔註6〕　（元）危素《元故鄱陽李先生墓誌銘》，《俟庵集》卷首，清《文淵閣四庫全書》本。

法，及至危素向其問學，李存便採用了同樣的啓發方法：「嘗問『思曰睿』、『心官則思』，何思也？先生曰：思其本無俟於思者爾。」〔註7〕簡簡單單幾個字，也是在引導學生主動思考，所謂「無俟於思者」，究竟應該是什麼狀態。

元代陸學的教育思想，主要運用在私人授受的層面，不過也並非完全沒有進入官方學校的機會，譬如江西人吳澄，便將陸學帶進了中央國子監。吳澄在元武宗時期曾任國子司業，在此期間，「嘗爲學者言：『朱子道問學工夫多，陸子靜卻以尊德性爲主。問學不本於德性，則其弊偏於言語訓釋之末，果如陸子靜所言矣。今學者當以尊德性爲本，庶幾得之。』」這段話將朱陸爲學之道進行對比，明顯帶著右陸的成分，難怪當時就有人「以先生爲陸學，非許氏尊信朱子之義」。〔註8〕可惜在北方學者的強烈反對下，宣揚陸學教育理念的吳澄很快被排擠出國子監，因此影響也十分有限。

元代陸學家進入官方教育機構的機會並不太多，其影響主要在於對社會人心的潛移默化。劉壎在強調體認本心的同時，更強調在踐履中實現天賦道德：「夫學者，固將學爲忠與孝也。」〔註9〕李存也在強調「君子之學，在於修身，修身在於至誠」的同時，更主張學者「發弘大之心，立堅剛之志，遷善而改過，求去其日用之非」〔註10〕，學問不能脫離生活。陸學對普通百姓的心靈影響，因爲資料的匱乏，一時難以梳理清楚，下面主要從大的層面，分析陸學對士人氣節的影響，尤其在宋元、元明兩段易代之際。

陸九淵雖然不如朱熹那樣重視君權，不過卻不妨礙陸學後人的愛國精神。南宋滅亡之際，出現了兩位以死報國的著名忠義之士，一個是謝枋得，前面已分析過他的陸學背景，另一個便是文天祥。《宋元學案》將文天祥歸入「晦翁三傳」，不過他的老師歐陽守道，朱學特色並不明顯。歐陽守道的另一個弟子劉辰翁，便吸收了陸學自得本心的思想精髓。吳雁南在《心學與中國社會》一書中，分析了文天祥思想中的陸學成分：一是「心爲萬物之本原」，認爲「聖人之心即成爲天地人的本原」；二是「發揮《中庸》關於『誠』的論

〔註7〕　（元）危素《元故鄱陽李先生墓誌銘》，《俟庵集》卷首，清《文淵閣四庫全書》本。

〔註8〕　（元）虞集《故翰林學士資善大夫知制誥同修國史臨川先生吳公行狀》，《道園學古錄》卷四十四，《四部叢刊》景明景泰翻元小字本。

〔註9〕　（元）劉壎《隱居通議》卷十一「詩歌六・半山詠揚雄」，清《海山仙館叢書》本。

〔註10〕　（元）李存《居善堂說》，《俟庵集》卷二十二，清《文淵閣四庫全書》本。

點，強調『天地間只有一個誠字，更顛撲不碎』」；三是「強調正心、內省工夫，『聖賢千言萬語，教人存心養性，所以存此眞實也』」；四是「發揮人的主體精神，自信自強，以天下爲己任」。〔註11〕南宋滅亡之後，元朝政府將文天祥囚禁在大都，文天祥作《正氣歌》以明心志：「天地有正氣，雜然賦流形。下則爲河嶽，上則爲日星。於人曰浩然，沛乎塞蒼冥。」〔註12〕這裡的「正氣」，顯然不是如張載宣稱的物質之氣，而是一種精神氣質，或者說就是理學家堅持的天道性命。這種精神反映在人的身上，就是孟子所謂的「浩然之氣」。在文天祥看來，天地正氣可以「爲日月」、「爲日星」，也恰恰符合心生萬物的陸學精髓。正是在這種浩然正氣的激勵之下，文天祥在南宋末年積極抗元，宋亡之後以死殉國，留下了「人生自古誰無死，留取丹心照汗青」〔註13〕的千古名句。

　　到了元明易代之際，仍有許多受陸學影響的忠義之士選擇了殉國。清人李紱所作《陸子學譜》一書，收錄了趙弘毅、黃哻等多位死國的陸學士子。趙弘毅「嘗受經於臨川吳澄」，因此也受到陸學的一定影響，「大明兵入京城，弘毅歎息曰：『忠臣不事二君，烈女不事二夫，此古語也。我今力不能救社稷，但有一死報國耳。』乃與妻解氏皆自縊。」在他的感召下，子趙恭，孫女趙官奴皆自縊身亡，一門忠烈，堪與宋末潭州守將李芾相映生輝。趙恭臨死之前，「或止之曰：『我曹官卑，何自苦如此？』恭叱曰：『爾非我徒也。古者忠義人各盡自心，豈問職之崇卑乎？』」表現出理學家盡心知性的先天道德觀念。與趙弘毅相似，黃哻也曾「謁吳文正公於郡庠」，受到吳澄思想的一定影響，在元代滅亡之際，也表現出強烈的殉國意念：

　　　　二十八年（1368），京城破，哻召從人張午曰：「吾義不可辱國，汝幸收吾骨南還。」即解衣投居賢坊井。午倉皇繩井，負之以升，言曰：「今南兵不殺，猶賓禮儒臣，他日幸致富貴。今縱自盡忠，未聞小官而死社稷。」哻曰：「齊太史兄弟皆死小官，彼何人哉？」午使人環守。會南將令朝官俱繳告身，哻紿午曰：「爾言良是，可取吾告身來，第羞見同朝人，必乘醉乃往。」午大喜，持錢沽酒。守者

〔註11〕 吳雁南《心學與中國社會》頁 107～110，中央民族學院出版社，1994 年 1月。

〔註12〕 （宋）文天祥《正氣歌》，《文山集》卷十四，《四部叢刊》景明本。

〔註13〕 （宋）文天祥《過零丁洋》，《文山集》卷十四，《四部叢刊》景明本。

稍倦，啐解冠裳履舄，列寘井上，復投而死。〔註14〕

通過與下人張午的一段對話可以看出，黃啐之死並不是因為國破失去了富貴，也不是擔心明軍殘殺元朝舊臣，純粹是出於一腔愛國的熱血，出於生而俱來的忠孝節義的本心。

這裡順便為元代陸學的一位重要傳人危素作一點辯護。危素「早師事吳文正公，未幾公卒，聞安仁李仲公先生傳陸子之學於上饒陳靜明先生，因往卒業，久之，充然有得」〔註15〕，前面章節已經介紹，危素還是陳苑門下大弟子祝蕃的得意門生，是元代陸學靜明學派的嫡系傳人。危素曾長期在大都為官，在元朝滅亡的重要關頭，也曾有過以死報國的念頭：

> 明師將抵燕，淮王帖木兒不花監國，起為承旨如故。素甫至而師入，乃趨所居報恩寺，將投井，寺僧力挽之，大呼曰：「公無死。公不食祿有年矣，且國史非公莫知，公死，是喪國史也。」素遂止。兵垂入史庫，往告鎮撫吳勉，輦其書出之，元實錄得以存者，素之力也。〔註16〕

危素本有殉國的念頭，後來出於保存國史的目的，才願意苟活偷生，《明史》明確承認了危素保存國史的貢獻，不過後世學者卻對危素頗多微詞。么書儀在《元代文人心態》一書中提到危素為國存史的用心，可是隨即又反問道：「這難道是他惜命不死的全部原因嗎？」作者隨後進一步推測，危素或許是為了能夠繼續在明代做官，才將其忍耐力「發揮到了最大的限度」，「為維持自己卑微的追求而矯情作態」。〔註17〕這些推測於史無徵，最多只是反映作者自己的看法罷了。事實上，這論調很有些「成王敗寇」的意味。中國是一個重視歷史的國家，為了完成一部史書，可以忍受各種屈辱，司馬遷當年連宮刑都可以忍受，相比之下，危素的做法也不應該引起那麼大的爭議。後人推重司馬遷而痛罵危素，不過是因為司馬遷留下了一部《史記》，而危素自撰的《元史稿》，卻一直湮沒無聞而已〔註18〕。

〔註14〕　（清）李紱《陸子學譜》卷十八「私淑上」，清雍正刻本。
〔註15〕　（清）李紱《陸子學譜》卷十九「私淑下」，清雍正刻本。
〔註16〕　（清）萬斯同《明史》卷一百七十七「危素傳」，清抄本。
〔註17〕　么書儀《元代文人心態》頁276～280，文化藝術出版社，1993年10月。
〔註18〕　（明）宋濂《故翰林侍講學士中順大夫知制誥同修國史危公新墓碑銘》：「有文集五十篇，奏議二卷，《宋史稿》五十卷，《元史稿》若干篇，藏於家。」可見危素確曾著手為元朝修史。

二、元代陸學與佛道的關係

自從劉壎公開提出：「大概性命之學，不能不與禪相近。」〔註 19〕理學家就突破了兩宋理學家明斥佛老而又陰取佛老的尷尬局面，與佛道的聯繫更爲緊密，並在交往中影響了佛道教徒的思想。劉壎曾站在儒家的立場上批判佛教，但是又對佛教有較深的感情，他曾作《啞子觀音贊》：「籃魚休賣，瓔珞休帶。若以色見，誤人罪大。且離相明，心觀自在。」又作《渡海羅漢贊》：「足踏海浪，不沉不蕩。逞大神通，弄小伎倆。和尚和尚，畫形聊可。娛人成佛，直須離相。」〔註20〕二贊意旨相似，都在闡述佛教離物言心的道理。他承認儒家與佛教能在一定程度上共存，曾爲州人劉元璋《金剛經解》作序，稱讚他「以儒會釋，根器不凡，隱處雲藹蒼翠間，澄寂妙悟，直證本心。」通過妙悟的方式發明本心，正與劉壎的陸學思想不謀而合。劉壎甚至在序文中感歎：「予自幼知讀孔氏書，未知學佛，年且踰五，日汨客塵，往往認六如爲眞實，了不覺流浪之可哀。」〔註21〕正因爲自己未通佛法，所以總不免受到物質世界的羈縻，未能收起流浪外物的已放之心，很大程度上也妨礙了自己的陸學修行。

元代中後期的李存，則與道教有更多的聯繫，尤其是發源於江西龍虎山的玄教。前面已經介紹過李存與玄教第二代掌教吳全節的交往，除此之外，李存還與玄教著名道士薛玄卿、于有興等交往頗深。薛玄卿是玄教第一代掌教張留孫的弟子，工於詩文創作，元文宗至順元年（1330），薛玄卿遠遊京師，李存爲之作序，在表達送別之情的同時，還設想了自己將來出遊京師的情形：「吾喪親既已，二豎子且長，能聚糧治裝，斯亦遊矣，遊必先京師，先京師其必以君之師生爲東道主。」〔註22〕前一個「必」字反映了李存對京師的嚮往，後一個「必」字則反映了李存和薛玄卿師徒的深厚感情。元順帝至正五年（1345），薛玄卿因病逝世，李存作文悼念，回憶了二人的最後一段交往：「他日，忽手足左痺不用，僕候，謂之曰：『夫造物者其欲廢我耶，吾從而廢之，若我何？苟不肯廢其所廢，是獨欲逆天者也，逆天者謂之病。』」〔註23〕

〔註19〕 （元）劉壎《隱居通議》卷二「理學二・朱陸三」，清《海山仙館叢書》本。
〔註20〕 （元）劉壎《啞子觀音贊》、《渡海羅漢贊》，《水雲村稿》卷六，清《文淵閣四庫全書》本。
〔註21〕 （元）劉壎《金剛經解序》，《水雲村稿》卷五，清《文淵閣四庫全書》本。
〔註22〕 （元）李存《復送薛玄卿入京序》，《俟庵集》卷十七，清《文淵閣四庫全書》本。
〔註23〕 （元）李存《薛玄卿詩序》，《俟庵集》卷二十，清《文淵閣四庫全書》本。

李存看望薛玄卿時寬慰他的一段話，反映了儒、道共同的天命觀念。于有興是張留孫的再傳弟子，也是元代玄教的最後一任掌教，李存也曾作文送其入京，稱其「雖跡於老氏之門，而毅然不以爲非，事物之來，苟有一毫攖乎其心，拂乎其氣，則必相與洗濯剝落，以求庶乎正焉而未已者」。〔註24〕于有興與李存交情甚篤，據危素《元故番易李先生墓誌銘》記載，李存去世以後，「玄教于宗師有興爲位以祭」〔註25〕。通過與道教人士的交往，李存也進一步傳播了陸學，元文宗至順二年（1331），吳全節曾向朝廷進獻陸九淵語錄，一方面是或許出於鄉人之誼，另一方面，也不能排除是受到李存的影響。

　　元代陸學家與佛道之徒頗有交往，因此在發展與傳播的過程中，不僅能進一步吸收佛道的思想，客觀上還對佛道造成了影響。首先講一下佛教的禪宗。禪宗的歷史可以追溯到南北朝時期，達摩祖師一葦渡江，開創了不立文字、教外別傳的禪宗，到了晚唐、兩宋時期，禪宗得到迅速發展，成爲漢傳佛教的重要代表。不過到了元代，統治者出於政治的需要，對藏傳佛教更爲重視，逐漸確立了崇教抑禪的宗教政策，禪宗的地位開始受到影響。一定意義上講，禪宗在元代的處境與陸學倒有幾分相似，因此在生存策略上，也與陸學有很多相似之處，主張以本心融合禪教，在不衝擊藏傳佛教地位的基礎上，追求自己的生存空間。元代禪宗受到陸學的一定影響，江南最著名的禪師之一中峰明本，便直接把禪與本心等同起來：「禪何物也？吾心之名也。心何物也？即吾禪之體也。達摩西來只說直指人心，初無所謂禪，蓋於直指之下有所悟入，於既悟之間，主賓問答，得牛還馬，遂目之爲禪。」世人能悟得本心，即是得禪得道：「禪不離心，心不離禪，惟禪與心異名同體。」〔註26〕明本將禪同於本心，既是遵循禪宗明心見性的基本主張，也可以看作是對儒家（尤其是陸學家）發明本心思想的借鑒與融合。明本還從頓悟與漸悟的角度，比較了佛教論心與儒家論心的異同：

　　　儒之道，治心者也，修心者也；佛之道，明心者也，悟心者也。

　　治與修，漸之之謂也；明與悟，頓之之謂也。心一也，頓漸之途不

〔註24〕　（元）李存《送於仲元入京敍》，《俟庵集》卷十八，清《文淵閣四庫全書》本。

〔註25〕　（元）危素《元故鄱陽李先生墓誌銘》，《俟庵集》卷首，清《文淵閣四庫全書》本。

〔註26〕　（元）中峰明本《示彝庵居士》，《天目中峰和尚廣錄》卷五下，《禪宗全書》第48冊頁73，（臺灣）文殊文化有限公司，1989年8月。

> 可以一者，蓋世間出世間之異也。使吾佛言入世間之道，亦不能忘
> 正心誠意之說也；使孔子言出世之道，則逆知其不能外吾心空圓覺
> 之道也。苟不達聖人垂教立化之大權，則徒事訕訕之言，惟增其是
> 非耳。〔註27〕

儒家和佛教的區別，僅僅在於語言環境的不同，至於言心言性、垂教立化，則並無太多不同，完全可以共存共榮，沒有必要相互攻訐。明本的這一言論，可以看作是對劉壎「性命之學，不能不與禪相近」的積極回應。

　　與佛教相比，元代道教的發展則更加明顯地吸收了儒學的思想。金元時期，北方出現了聲勢浩大的全眞道，公開打出「三教合一」的旗幟，並將儒家的《孝經》、佛教的《心經》與道教的《道德經》一起奉爲經典，對儒學思想尤其是忠孝思想的吸收不言而喻。而在南方的廣大領土上，則出現了同樣風靡一時的淨明道。淨明道始於南宋初年，據說當時西山玉隆萬壽宮道士何眞公祈請許遜降臨解救戰亂，許遜傳授他「飛仙度人經淨明忠孝大法」，何眞因以成教。元初道士劉玉整理教法，正式採用「淨明」爲教派的名稱。淨明道的主要思想，集中反映在黃元吉編輯的《淨明忠孝全書》中，當代研究者認爲，淨明道「曾受到了北宋以來興起的儒家理學之深刻影響，甚至可以說，其思想內容在很大程度上多來自於儒家的理學」〔註28〕。淨明道對理學的吸收不限於一家，「勢如水火的朱、陸卻同時被納入劉玉淨明道團的《淨明忠孝全書》中。簡言之，其在宇宙觀上係多受朱熹學說的影響，而在修行方法上則多受陸九淵學說的影響」〔註29〕。這裡因爲篇幅有限，僅介紹其受陸學的影響。

　　劉玉在解釋教名的時候曾說：「淨明只是正心誠意，忠孝只是扶植綱常。」〔註30〕弟子在評價劉玉時，也認爲「先生之學，本於正心誠意而見於眞實踐履」〔註31〕。正本心、重踐履，正是陸學的思想精髓。劉玉在修行方法上提

〔註27〕　（元）中峰明本《示鄭廉訪》，《天目中峰和尚廣錄》卷五下，《禪宗全書》第
　　　　　48冊頁70～71，（臺灣）文殊文化有限公司，1989年8月。
〔註28〕　郭武《〈淨明忠孝全書〉研究：以宋元社會爲背景的考察》頁53～54，中國社
　　　　　會科學出版社，2005年8月。
〔註29〕　郭武《〈淨明忠孝全書〉研究：以宋元社會爲背景的考察》頁57，中國社會科
　　　　　學出版社，2005年8月。
〔註30〕　（元）黃元吉《淨明忠孝全書》卷三，郭武《〈淨明忠孝全書〉研究：以宋元
　　　　　社會爲背景的考察》附錄，頁355，中國社會科學出版社，2005年8月。
〔註31〕　（元）黃元吉《淨明忠孝全書》卷一，郭武《〈淨明忠孝全書〉研究：以宋元
　　　　　社會爲背景的考察》附錄，頁346，中國社會科學出版社，2005年8月。

出所謂「踐履三十字」，即：「懲忿窒欲，明理不昧心天；纖毫失度，即招黑暗之愆；霎頃邪言，必犯禁空之醜。」〔註32〕一方面，要從根本上杜絕人心中的私欲和私憤，使心性恢復到天生之初的淨明狀態；另一方面，還要在日常生活中謹小愼微，時時處處提醒自己，不犯一點錯誤，不聽一句邪言。劉玉的弟子黃元吉，更進一步分析了正心與踐履的內外關係：「只要除去欲念，便是淨。就裏除去邪惡之念，外面便無不好的行檢。」〔註33〕修行應該由內而外，正心是踐履的重要前提。但是，黃元吉也反對人們一味務虛：「不修人道而修仙道，後地成就未可必，而先獲罪於天矣。」〔註34〕天道正是要反映在百姓日用之中。黃元吉的上述思想，「實是本於宋代理學家陸九淵的『易簡工夫』說而來」〔註35〕。

三、元代陸學的歷史地位

　　元代陸學雖然聲勢不大，在義理上也沒有太大發展，卻仍然在學術史上佔有重要地位，這種地位，突出表現在銜接宋明理學的過渡功能上。陸學從南宋末年開始，已經失去了同朱學抗衡的能力，到了元代，更是到了奄奄一息的地步。可是，由於幾位陸學家的存在，在陸學處於逆境的環境下仍然堅守門戶，才使得陸學的火種始終不曾熄滅，並最終經過時間的檢驗，在明代得到巨大的發展。元代陸學家的貢獻，不僅表現在自己堅守門戶，更表現在通過他們的示範作用，吸引廣大朱學家向陸學靠攏，促進了元代「朱學陸學化」的進程，爲明代朱學向陸學的轉化奠定了基礎。

　　前面說過，在元明易代之際，很多有陸學背景的學者選擇了以死殉國，但也有部份學者改事新朝，推動了陸學在明初的傳播，如浙東趙偕的弟子，烏斯道與桂彥良，均曾在明朝任職。烏斯道，字繼善，浙江慈谿人：「年十八，喪父。家貧，與兄本良自相師友，窮經學古，並爲州里所推。聞邑人趙偕講鄉先

〔註32〕　（元）黃元吉《淨明忠孝全書》卷三，郭武《〈淨明忠孝全書〉研究：以宋元社會爲背景的考察》附錄，頁356，中國社會科學出版社，2005年8月。

〔註33〕　（元）黃元吉《淨明忠孝全書》卷六，郭武《〈淨明忠孝全書〉研究：以宋元社會爲背景的考察》附錄，頁389，中國社會科學出版社，2005年8月。

〔註34〕　（元）黃元吉《淨明忠孝全書》卷六，郭武《〈淨明忠孝全書〉研究：以宋元社會爲背景的考察》附錄，頁392，中國社會科學出版社，2005年8月。

〔註35〕　郭武《〈淨明忠孝全書〉研究：以宋元社會爲背景的考察》頁250，中國社會科學出版社，2005年8月。

達楊慈湖之學，兄弟往相辨析，務究明本心，充然有得。」烏斯道曾任明代的地方長官，受到百姓的熱情稱頌：「洪武五年（1372），用廷臣薦，授石龍知縣，考滿入覲，調知永新。有惠政，以疾去官，士民爲立生祠。」〔註36〕烏斯道的哥哥烏本良，字性善，和弟弟一起從趙偕研習性命之學，「遂盡棄舉子業學焉，謂如在春風中，即以春風名其齋，人稱爲春風先生」〔註37〕。烏氏兄弟在當時頗有影響，在明初社會宣揚了陸學。

趙偕的另一爲弟子桂彥良，則直接將陸學介紹給了明代的開國皇帝朱元璋。桂彥良，名德，以字行，浙江慈谿人。明初爲太子正字，經常以正心誠意的聖賢之道勸誘朱元璋：

> 帝選國子生蔣學等爲給事中，舉人張唯等爲編修，肄業文華堂，命彥良及宋濂、孔克表爲之師。帝從容問治道，彥良對曰：「治道在心，心不正則好惡頗，好惡頗則賞罰失當，賞罰失當則無以成治功。故爲治在正心，正心之要，在懲忿窒欲而已。」帝善其言。

要格正其心，就要消除欲念，這也是從陸九淵、楊簡到趙偕一直堅持的主張。朱元璋對桂彥良高度稱讚，認爲他比一般儒者更加高明：「彥良所陳，通達事體，有裨治道。世謂儒者泥古不通，今若彥良可謂通儒矣。」桂彥良經常借機勸告朱元璋治國之道，朱元璋也樂於接受桂彥良的勸諫：「（桂彥良）嘗從登內城，帝顧曰：『朕比來好善惡惡何如？』彥良對曰：『惟人君至公無私，則好惡自得其當。孔子曰唯仁者能好人能惡人。』帝曰：『善。』即書其語，揭之便殿。」不僅如此，朱元璋還希望桂彥良進一步將道學家的思想傳與諸王：

> 十一年（1378），授晉王府右傅。帝親爲文賜之。彥良入謝，帝曰：『江南大儒，惟卿一人。』對曰：『臣不如宋濂、劉基。』帝曰：『濂文人耳，基峻隘，不如卿也。』復賜誥，稱其『心醇而不欺，守固而不變』。〔註38〕

宋濂、劉基都是明初的重要大臣，尤其是劉基，曾獲朝廷「渡江策士無雙，開國文臣第一」〔註39〕的美贊，不過在朱元璋看來，桂彥良比他們更高一籌，

〔註36〕（清）萬斯同《明史》卷三百八十六《文苑傳・烏斯道》，清抄本。

〔註37〕（清）黃宗羲《宋元學案》卷九十三《靜明寶峰學案・寶峰門人》，清道光刻本。

〔註38〕（清）萬斯同《明史》卷一百七十八《桂彥良傳》，清抄本。

〔註39〕（明）劉基《誠意伯文集》卷一《御書・贈諡太師文成誥》，《四部叢刊》景明本。

愛惜重視程度可見一斑。

　　通過眾多弟子的努力，元代陸學在明初得到了進一步傳播，並對當時一些重要人物造成了影響。陳寶良在《明初心學鈎沉》〔註 40〕一文中，鈎稽了朱元璋、宋濂、王褘、楊維楨、解縉、方孝孺等人的心學思想，「藉此證明在陸九淵和王陽明之間，並非僅僅只有陳白沙一人獨立支撐心學大旗，其實心學的學脈一直尚未中斷」。作者分兩點對明初心學進行分析：「一是朱子學轉向內心的趨勢；二是陸學在明初的繼續傳衍。」關於後者，桂彥良和烏斯道兄弟已是最佳典型，此文還引用明人楊自懲之詩「吾鄉盛陸學，朱學宗者希」，說明「在明代初年，浙東之學尚以『陸學』爲主」。至於朱學向陸學的轉向，則主要以宋濂、方孝孺師徒爲例進行分析。

　　作者詳細考察了宋濂的心學傾向：首先，宋濂之學自稱「傳自孟子」，「重視個人內在之心」，並認爲「人人心中均有聖人，不勞『外慕』」；其次，宋濂的心學「顯然受到了佛教的影響」，「將儒家學說之心與佛、道之心融合於一處」。作者最後作出總結，一方面，「從學脈上說，宋濂堪稱朱學之『世嫡』，其學繼承了朱熹體用合一之說」，另一方面，「宋濂迎合自宋以來朱、陸合流的學術趨勢，其學具有由朱入陸的傾向」。方孝孺作爲宋濂的弟子，學術思想受到宋濂的重大影響，「正如宋濂之學具有由朱入陸的特點一樣，方孝孺的學術亦具有心學的一面，最爲突出的例證就是方孝孺亦重『良知良能』。通過作者的這一番分析考察，確實可以看出元代陸學延及明初的後續影響。

　　元代陸學不僅造就了明初的心學基礎，更重要的是爲成熟的王陽明心學提供了思想源泉。譬如劉壎在尊陸的基礎上和會朱陸，認爲朱熹晚年的思想已逐漸向陸九淵傾斜，這種說法，直接被王陽明吸收和利用，清代四庫館臣分析道：「其論理學以悟爲宗，尊陸九淵爲正傳，而援引朱子以合之。至謂朱子後與道士白玉蟾遊，始知讀書爲徒勞，蓋姚江晚年定論之說，源出於此。」〔註 41〕元代中期的劉岳申，主張尊陸不如尊自己，更加徹底地發揮了心學的主觀特色，甚至已經帶有明代晚期泰州學派的影子。另外，元代朱陸合流的哲學思潮，也爲明代理學的發展奠定了基調，而這一股思潮帶來的影響，更讓不絕如縷的陸學獲得了勃勃生機：「元代不少理學家，不管原來是朱學的人還是陸學的人，他們在朱陸合流中，對朱陸的取捨，都以一種肯定的態度去

〔註40〕陳寶良《明初心學鈎沉》，《明史研究》，2007 年第 10 期。
〔註41〕（清）永瑢《四庫全書總目》卷一百二十二「隱居通議」，清乾隆武英殿刻本。

談論並且兼取陸學的本心論。所以，陸學的本心論，在派別不同的理學家那裏，事實上是不同程度的被張揚了。」〔註42〕正是在這樣的背景下，明代心學受陸學的影響也比受朱學的影響更多一些：「從理學史中可以看到，由宋到元，由元到明的這一過程，大體上是由支離泛濫，到簡易直截的過程。這一過程，從哲學史上來說，理學的唯心主義，就愈來愈表現得徹底……不難看出，在理學發展的這一過程中間，元代的朱陸合流，是起到了嬗變和傳遞的作用。而在這一遞嬗的環節中，又可以看到陸學的『本心』這一主觀唯心論思想，確是一個頑固的遊魂。」〔註43〕這段話從唯物主義的思想出發，稱陸學的唯心主義爲「頑固的遊魂」，雖然立場有待商榷，但也恰恰反映出陸學在明代的強烈影響。

第二節　劉壎、李存與元代隱逸文學

文學即人學，既是文人內心的表達，更是社會形勢的反映。元代是中國第一個由少數民族建立的統一政權，一方面由於地域廣闊，引發了文人的豪放之心，另一方面因爲是少數民族政權，也引起相當一部份文人的牴觸。抱有前一種心態的文人，如虞集、歐陽玄等，爲了歌頌祖國的強大，創作中提倡「盛世之音」，抱有後一種心態的文人，如劉詵、倪瓚等，不願與異族政權合作，轉而抒發田園之樂，開創了元代隱逸文學的風潮。隱逸文學是元代文學的重要組成部份，無論是在詩詞等雅文學中，還是在散曲、雜劇等俗文學中，都佔有很大的一席之地。本書重點討論的劉壎、李存二人，基本上都算是隱逸的文人，而他們的詩文創作，也表現出一定的時代特色，豐富了元代文學的整體面貌。

一、元代的隱逸文學

隱逸文學源於隱逸文化。隱逸文化自古有之，知識分子奉行「邦有道則行，邦無道則隱」的傳統，經常將隱處作爲對抗黑暗政治的一種方式，後來又有人通過隱居而沽名釣譽，將隱居作爲入朝爲官的終南捷徑。到了元代，

〔註42〕侯外廬、邱漢生、張豈之《宋明理學史》（上）頁755，人民出版社，1997年10月。

〔註43〕侯外廬、邱漢生、張豈之《宋明理學史》（上）頁766～767，人民出版社，1997年10月。

在新的社會形勢下，隱逸文化也出現了新的特徵，南京師範大學碩士研究生榮平，在其學位論文《倪瓚與元代隱逸文化研究》中，對元代隱逸文化的特徵做了簡單歸納：一是元代有隱居思想的文人人數眾多，有人是因爲亡國之痛，有人是因爲仕途失意，有人是身在廟堂心在田園，表現出「一種對社會的整體性的退避」，這些人「溫和地反抗著社會，更確切地說根本談不上反抗，而是對社會的迴避」；二是「功利性出處原則的消失」，由於特殊的政治環境，「元代文人視仕途爲畏途」，因此是眞心「安於過著悠閒的隱居生活」，不是把隱居當作伺機而動的權宜之計；三是「隱不絕俗」，元代隱士不再隱匿深山，而是「終日和世俗社會打著交道」，「把精神隱逸看得比肉體隱逸重要得多」；四是「隱於詩畫間」，創作了大量的隱逸文學作品。〔註44〕毫無疑問，隱逸文化的新特徵必然帶來隱逸文學的新特徵，第四條中的文學作品也一定會體現前三條的特徵。

　　元代的隱逸文學範圍廣大，體裁多樣，大致而言，可以分爲通俗文學和正統文學。元代的通俗隱逸文學包括兩類：一是隱逸雜劇。如吳昌齡《花間四友東坡夢》，講述了蘇東坡因得罪朝中權貴，被貶外放，然後被佛印勸化，甘心歸隱做一名佛教弟子；又如狄君厚《晉文公火燒介子推》，講述了介子推眼見晉文公被驪姬迷惑，勸阻不聽，反被貶官，最後隱居綿山，寧死不出；再如宮天挺《嚴子陵垂釣七里灘》，講述了東漢初年嚴子陵，拒絕光武帝劉秀之邀，寧可避世隱逸。另外，元代還有許多神仙道化劇，如馬致遠《泰華山陳摶高臥》等，也都有勸人歸隱的意蘊。二是隱逸散曲。如汪元亨《醉太平‧警世》：「憎蒼蠅競血，惡黑蟻爭穴，急流中勇退是豪傑，不因循苟且。歎烏衣一旦非王謝，怕青山兩岸分吳越，厭紅塵萬丈混龍蛇，老先生去也。」〔註45〕在感歎世事無常的同時，勸告世人要急流勇退，不要在俗世中因循苟且。又如貫雲石《雙調‧清江引》：「棄微名去來心快哉，一笑白雲外。知音三五人，痛飲何妨礙，醉袍袖舞嫌採池窄。」〔註46〕表達了隱居生活的眞實樂趣。當然，也有些散曲表達了鄉間生活的艱苦，如蘇彥文《鬥鵪鶉‧冬景》：「早是我衣服破碎，鋪蓋單薄，

〔註44〕　榮平《倪瓚與元代隱逸文化研究》，南京師範大學碩士學位論文，2004 年 5 月。

〔註45〕　（元）汪元亨《醉太平‧警世》，（明）郭勳《雍熙樂府》卷十七，《四部叢刊續編》景明嘉靖刻本。

〔註46〕　（元）貫雲石《雙調‧清江引》，（元）楊朝英《樂府新編陽春白雪》前集卷三，清光緒《隨盦徐氏叢書》本。

凍的我手腳酸麻。冷彎做一塊，聽鼓打三擂。天那，幾時捱的雞兒叫，更兒盡，點兒煞。」〔註47〕

下面介紹一下元代的正統隱逸文學，即所謂隱逸詩詞。元代隱逸文學的重要標誌，就是「和陶詩」的大量出現。元初北方著名詩人劉因，專門有《和陶集》一卷，收錄在《靜修先生文集》之中。其中有《和歸田園居》五首，這裡舉第一首爲例：

> 少小不解事，談笑論居山。爲問五柳陶，栽培幾何年。
>
> 安得十畝宅，背山復臨淵。東鄰漢陰圃，西家鹿門田。
>
> 前通仇池路，後接桃源間。熙熙小國樂，夢想羲皇前。
>
> 石上無禾生，燦爛空白煙。營營區中民，擾擾風中顛。
>
> 未論無田歸，歸田誰獨閒。迂哉仲長統，論說徒紛然。〔註48〕

作者不止要學習陶淵明，更由陶淵明聯想到雖有什伯之器而不用的漢陰老圃，行年七十而無妻的鹿門稷者，眞正從田園中體會到悠閒自樂的情趣。詩尾還對仲長統提出批判，仲長統雖然也長期隱居，不過卻不敢寂寞，著《昌言》十餘萬字以寄託其思，在劉因看來，這樣迂腐的做法並不是眞隱。與元初北方的劉因相似，元末明初的南方詩人戴良，也對陶淵明尊崇有加，並作有許多「和陶詩」，茲舉《和陶淵明歸去來兮辭》片段爲例：

> 歸去來兮，時不我偶，將安歸？念此生之如寄，忽感悟而增悲。
>
> 老冉冉其將及，體力歘乎莫追。旁人見余以驚愕，曰影之而形非。
>
> 望東南之歸路，想兒女之牽衣。顧迷途之已遠，愧前賢之知微。

元代末年，戴良爲避江南亂軍，曾長期避居海濱，不能歸鄉，遙想家中子女，不由倍增傷感。爲了緩解心頭的抑鬱，詩人只有放浪形骸之外，「以未歸爲達」：「歸去來兮，姑放浪以遨遊。既反觀而內足，復於世以何求。使有榮而有辱，寧無樂以無憂。匪斯世之可忘，懼夫人之難疇。」〔註49〕如果說劉因詩歌突出的是「隱」，戴良詩歌強調的便是「歸」，不過二者的終極追求並無

〔註47〕（元）蘇彥文《鬥鵪鶉‧冬景》，（明）郭勛《雍熙樂府》卷十三，《四部叢刊續編》景明嘉靖刻本。

〔註48〕（元）劉因《和歸田園居五首》其一，《靜修先生文集》卷三，《四部叢刊》景元本。

〔註49〕（元）戴良《和陶淵明歸去來兮辭》，《九靈山房集》卷二十四，《四部叢刊》景明正統本。

不同，都是要忘卻世俗世界的榮辱，追求一己內心的平和。

　　總體成就並不算太高的元詞，也蘊含了很多的隱逸思想，其中一個重要的表現，就是大量「漁父詞」的出現。漁父就是打漁的老頭，本身的形象就具有了隱居山水的意蘊。元代「漁父詞」的作者群體非常廣泛，位高權重者如趙孟頫，潔身自好者如吳鎮。趙孟頫作有《漁父詞》二首，其一曰：「渺渺煙波一葉舟，西風落木五湖秋。盟鷗鷺，傲王侯，管甚鱸魚不上鈎。」突出了漁父蔑視權貴、自得其樂的性情；其二曰：「儂住東吳震澤州，煙波日日釣魚舟。山似翠，酒如油，醉眼看山百自由。」〔註 50〕凸顯了漁父醉意山水、自由自在的情趣。漁父這種不受拘束的自在生活，正是趙孟頫求之而不可得的，他在當時所能選擇的，最多只是「心隱」而已。與趙孟頫相比，吳鎮一生不曾出仕，因此對漁父更有了一種切身的感受，並因此產生了由衷的讚美，如其《漁父》詞：「目斷煙波青有無，霜凋楓葉錦模糊。千尺浪，四腮鱸，詩筒相對酒胡蘆。」〔註 51〕如此清新脫俗的環境，又有鱸魚下酒，詩詞助興，在吳鎮這樣的文人看來，眞是神仙一樣的生活。更爲重要的是，在這樣的生活中，不需要諸多顧忌，可以隨意而行，率性而爲，試看其另一首《漁父》詞：「重整絲綸欲掉船，江頭新月正明圓。酒瓶倒，岸花懸，拋卻漁竿和月眠。」〔註 52〕深夜乘舟，酒酣而眠，不必在意世人的眼光。

二、劉壎的出處選擇

　　元代有很多知識分子，譬如前面提到的趙孟頫，雖然身在高位，卻仍然心繫山水，夢想有朝一日歸隱田園。但是也有另一種人，身在山水之間，卻不能安然享受隱居生活，反而處處求人舉薦，夢想進入仕途官場。劉壎便是其中一例。在分析劉壎的詩歌成就時，已經簡單介紹了他的心路歷程，這裡再結合其文，對其做更進一步的分析。

　　南宋滅亡初期，劉壎確實曾有過隱居的念頭，這一點，僅從其《隱居通議》的書名中就可以看出端倪。劉壎曾將自己的住所命名爲水雲村，並爲之作《水雲村記》，更加清晰地表明了自己的心跡：「余家南豐之西里，距治特數十步，

〔註 50〕　（元）趙孟頫《漁父詞二首》，《松雪齋集》卷三，《四部叢刊》景元本。

〔註 51〕　（元）吳鎮《漁父》，唐圭璋《全金元詞》頁 939 下，中華書局，1979 年 10月。

〔註 52〕　（元）吳鎮《漁父》，唐圭璋《全金元詞》頁 938 上，中華書局，1979 年 10月。

而近夜聆譙鼓聲，鼕鼕如在枕邊。而深巷無鄰，幽華疏竹，蕭閒淡雅，俗氛市聲所不到，或竟日門無轍跡。居然類村落間。」能在喧囂的州政府附近找到這樣一處安靜的地方安家，正反映了作者大隱隱於市的心態。南豐此後遭到地方亂軍的騷擾，劉壎也一度避居盱城，這一經歷更讓他看清了世事無常：

> 人間世孰非水與雲邪？今夫聚則形，散則氣，倏貴倏賤，之楚
> 之秦，甫笑語之團欒，俄聲景之磨滅，即有身一水雲爾；邸第儼乎
> 鼎盛，煙草忽其荒寒，部曲傳呼而丞嘗乏人，阡陌彌望而後昆丐食，
> 即有家一水雲爾；光景如流，生聚易散，蔥蒨暢茂而槁乾焉，富強
> 雄盛而衰謝焉，即天事一水雲爾。〔註53〕

既然外在世界如此不足憑恃，作者自然想遠離塵世，只與水雲爲伴，追求心靈的安寧與自由。劉壎還曾爲一位姓曾的隱者作《水竹佳處記》，直言：「競利名者趨市朝，適興趣者樂山水，山水之佳，視市朝不大勝乎？」世俗社會充滿爭名奪利，遠不如隱居山水之間。劉壎進一步分析隱居的樂趣：

> 庭宇深明，琴書橫陳，有舞萊子之彩於堂前者，有斟安仁之觴
> 於膝下者，則佳處不在水竹而在君之家庭。猶未也，忠厚培福壽，
> 詩禮淑子孫，動而不與物忤，靜而與天者遊，則佳處不在家庭而在
> 君之方寸間。〔註54〕

既能感受山水之美，又能享受天倫之樂，更能靜修天賦本心，一舉三得，爲何還要貪戀俗世，而不欣然選擇隱居呢？

除了晚年曾短暫出任延平郡儒學教授，劉壎入元後大部份時間也都在家鄉隱居，然而這絕不是本性使然，而是有一定的政治因素。他在爲自己所作的《自志》中明確寫道：「讀《易》至《革》，讀《詩》至《黍離》、《匪風》諸篇，常淒怨不勝情，曰：『孰知我哀？』」其所以哀者，自然是朝代鼎革之後的遺民情懷。他接著進一步描寫自己獨居不出的原因：「世易道隱，群弟子率改化奔放，迺獨倏然理殘書，訓飭如素，深夜寒燈，父子談古今，商義理。槁乾苦澹，非人所堪，猶欣然曰：『陋巷讀書，對聖賢語，未爲非樂。』其迂蓋如此。」他之所以只以詩書自樂，完全是對眾多「改化」士人的一種抗議和諷刺。劉壎雖然對時事非常關注，秉有「無位而思救時，無責而喜論事」的書生意氣，不過他並不汲汲於出仕，反而爲自己的安然隱居百般開解：「昔

〔註53〕 （元）劉壎《水雲村記》，《水雲村稿》卷三，清《文淵閣四庫全書》本。
〔註54〕 （元）劉壎《水竹佳處記》，《水雲村稿》卷三，清《文淵閣四庫全書》本。

太史慈臨終歎曰：『大丈夫當佩七尺劍，昇天子之堂，奈何而死乎？』悲哉，斯言！抑窮達命也，死生理也，安命順理，正也。正而斃，已矣，而又何悲？」〔註55〕一個人在政治上的窮達，一方面當然是聽於天命，另一方面更是出於正義，劉壎之所以甘於歸隱山林，正是出於緬懷故國的政治道義。

　　劉壎願意爲故國作一個遺民，但是出於陸學家對現實踐履的重視，又時刻希望能爲官一任造福一方，這便爲劉壎的隱逸思想留下了一道缺口。於是我們可以看到，在極力歌頌隱居之樂的同時，劉壎卻又四處求人舉薦自己，僅與臧夢解一人，便有《摯魯山臧廉使》、《通臧廉使書》、《再通臧廉使書》、《通問浙東臧廉使書》多篇。臧夢解，慶元（今浙江慶元縣）人，學者稱魯山先生，南宋末年中進士第，宋亡附元，元成宗大德年間，曾任江西肅政廉訪副使，《元史》卷一百七十七有傳。在《摯魯山臧廉使》一文中，劉壎稱讚臧夢解「孟氏剛直之氣，孔門宏毅之材。豎髓脊梁，擔當宇宙。具法眼藏，區別正衰。四海魯山之名，萬仞喬嶽之望」，相比之下，自己則是「場屋陳蹤，山林薄命。所學甚苦，遍參名輩大老之間；於道無聞，竟墮文人曲士之數。目昏頭白，心在力微。有時自擊缺壺，未忍遽甘墮甑」。正因爲當年「所學甚苦」，所以才渴望能將所學用於實踐，而不能甘心隱居山林，只以詩文自娛。他希望能借臧夢解之力，實現自己的抱負理想：「倘借春暉，足誇晚遇。」〔註56〕臧夢解果然沒有讓劉壎失望，大德五年（1301）離任江西之前，舉薦劉壎入選朝廷銓注。劉壎在《再通臧廉使書》一文中，表達了對臧夢解的無限感激之情：「何修何飾，如取如攜。此生恩未報，他日目不瞑。」他還希望臧夢解能在調任之前繼續爲他出力，讓他盡快得到朝廷的正式任命：「實欲乘今明使者在司，特達成就，即目合用即用，否則存留起咎。失今不圖，異日寧復有愛士如珠若明公者乎？」這裡雖是對臧夢解愛才如命的讚美，卻也暴露了自己的急迫心情。劉壎甚至已經爲自己找好去處，只待臧夢解爲他去爭取：「去冬鈔到儒選名字，惟袁之萍鄉州、瑞之新昌州二正，今猶未差。恐有機便，望相公於內造就一處，則關期近而士習純，或可藏拙，待滿爲告咎地。相公其圖利之，敢肅拜以請。」〔註57〕事實證明，劉壎確實找對了薦人，臧夢解雖未能讓他當上二州學正，卻舉薦他當了品級更高

〔註55〕　（元）劉壎《自志》，《水雲村稿》卷八，清《文淵閣四庫全書》本。
〔註56〕　（元）劉壎《摯魯山臧廉使》，《水雲村稿》卷十，清《文淵閣四庫全書》本。
〔註57〕　（元）劉壎《再通臧廉使書》，《水雲村稿》卷十一，清《文淵閣四庫全書》本。

的延平路儒學教授。

　　劉壎如此執著地求人舉薦，一方面確如前面所言，是因爲受陸學踐履精神的影響，不希望將所學流爲詩文，另一方面，也可能是因爲生計所迫，希望用微薄的俸祿養活自己。他在《通問浙東臧廉使書》一文中曾經直言：「嘗竊自謂平居無營，或藜糝不繼，或縕袍不完，然且嚌齡苦忍以俟命。若果得一受敕教授，月俸廩粟，視州判丞簿不大相遠，足可養廉。吾將守冰蘗以保名節，其尚求多於造物乎？」〔註58〕一個人的精神名節固然重要，但也離不開一定的物質基礎，所謂衣食足而知榮辱，有恒產乃有恒心，「仕有時爲貧，聖賢蓋所諾」〔註59〕。況且劉壎只不過是出任一介教官，並沒有眞正地介入政治。

　　劉壎在元初選擇隱居，是出於對南宋的遺民情結，而在晚年選擇出仕，則是爲了維持基本的生計。這種出處兩難的複雜心理狀態，使得他隱居不止是爲了醉情山水，更是爲了逃避現實；出仕不止是爲了實現精神價值，更是爲了滿足物質基礎。這種心態反映在文學創作中，也使他既不能像同時期的劉辰翁那樣肆意抒發性情，也不能像後來的虞集那樣欣然歌頌新朝。一定意義上說，劉壎的作品仍屬隱逸文學，但卻豐富了元代隱逸文學的內涵。

三、李存的隱而不逸

　　元代前期的知識分子選擇隱居，很大一部份原因是出於對故國的遺民情結，這本是易代之際經常出現的情況。到了元代中後期，蒙古政權的合法性已經得到廣泛認可，其廣闊的疆土，強大的國勢，得到絕大多數知識分子的熱烈稱讚，不過這個時候，仍有大批文人不願出仕爲官，寧願選擇隱居田園。李存便是其中一個典型的代表。

　　李存的隱居思想可能與其師陳苑有關，陳苑從小「資稟穎異，不屑爲富貴利達之求」，「宋亡元興，遂絕意仕進」〔註60〕，全心全意研習陸學。通過這一段敘述可以看出，陳苑隱居不出，一方面可能與劉壎相似，是出於對故國的眷戀，另一方面，也與其不屑功名利祿的性格密切相關。與陳苑相比，李存一開始尚有出仕的念頭，後來之所以選擇隱居，主要是因爲科場失意：「科

〔註58〕　（元）劉壎《通問浙東臧廉使書》，《水雲村稿》卷十一，清《文淵閣四庫全書》本。

〔註59〕　（元）同恕《送王文振嘉定錄判》，《榘庵集》卷十一，清《文淵閣四庫全書》本。

〔註60〕　（清）李紱《陸子學譜》卷十九「私淑下」，清雍正刻本。

舉制下，一試不偶，即爲隱居計。」倘若當時一試而中，則未必不會走上官場仕途。即便未曾出任正式官職，李存卻並不拒絕與官方交往：「邑令禮爲經師，訪以民事；郡守堂試諸生，聘爲主文。」這一方面當然是因爲他學問聲名太盛，另一方面也反映出他隱不絕俗的生活態度。李存聲名遠播之後，朝臣曾多次舉薦他爲官，不過皆被他一一拒絕：「三以高踦邱園薦，王文獻公爲南臺中丞，烏古孫右丞爲監察御史，交章論薦；秘書著作郎李君孝光舉以自代；相國京兆公將上聞，處於翰苑，會去國，不果。」〔註 61〕這段話中雖未明言，不過我們仍有理由相信，李存是在有機會進入官場的情況下主動選擇了隱居。

　　李存羨慕隱居之士遠離塵世的悠閒生活，曾作《贈石塘隱者》一首：「我來適自城府，赤日黃塵鬢鬚。聞說石塘深處，主人浴罷風乎。」〔註 62〕通過自己的風塵僕僕，襯托隱者的清閒悠寧。不過他選擇隱居不仕，並非僅僅出於對這種生活的羨慕，而是因爲在他看來，塵世之人皆爭爲智巧，不若隱居之士大巧若拙：「紛紛大巧乃或拙，大拙偏宜作巧看。我是山中眞拙者，隨君同向拙中安。」〔註 63〕只有放棄智巧，甘爲迂拙，才能不任私智，體認本心。這一觀點，顯然是受到其陸學家身份的直接影響。李存認爲，爲人應該先立大本，明心見性，否則汲汲進入官場，難免役於聲名貨利，失其本心。他在爲友人所作的《心隱堂記》一文中說道：「余觀夫世之人，未有所立而遽從事夫政也，充詘乎聲勢之場，汨沒乎貨利之淵。其於日用之間，亦鮮有不憧憧焉而不知止，滔滔焉而不知返者。」李存認爲，一個人是否隱居無關於外在形跡，而在乎內心感受，因爲外在形式是做給別人看的，內心感受才是眞正的修行：「跡之隱者，或爲人之徒；心之隱者，多爲己之徒。」只要內心和平寧靜，則外物的繁華或破敗都不足以動其心：「是故文茵華轂，有不足爲之貴也；岩居草食，有不足消其馳也。」〔註 64〕正因爲不注重外在行藏，李存在自己選擇隱居的同時，也能對選擇出仕的朋友表示理解，甚至還主動勸人出仕：「顧以勤苦而爲學，遇夫有道之世，不安於獨善其身者，當然也。」〔註 65〕其實，李存心

〔註 61〕　（元）危素《元故番易李先生墓誌銘》，（元）李存《俟庵集》卷首，清《文淵閣四庫全書》本。
〔註 62〕　（元）李存《贈石塘隱者》，《俟庵集》卷五，清《文淵閣四庫全書》本。
〔註 63〕　（元）李存《題拙隱卷子》，《俟庵集》卷十，清《文淵閣四庫全書》本。
〔註 64〕　（元）李存《心隱堂記》，《俟庵集》卷十五，清《文淵閣四庫全書》本。
〔註 65〕　（元）李存《送朱可方序》，《俟庵集》卷十六，清《文淵閣四庫全書》本。

目中理想的隱居生活，也絕不是畫地爲牢將自己拘於一隅，而是要縱情外遊，隱於名山大川之間，名都大邑之間，名公大家之間，隱不絕俗，隱而不逸。

李存贊成隱居，卻並不贊成獨處，反而格外強調遠遊的意義，他在《贈陳彥清序》一文中寫道：「士之欲不汩汩乎生者，必當出而遊也。戶庭之間，沒沒以朝夕；閭巷之途，忽忽而遂老焉。」〔註66〕如果終日只局限在自己的一片狹小天地之中，就會陷溺於日常瑣事，在碌碌無爲中窮其一生。相反，如果有機會周遊天下，不但可以增長閱歷見聞，而且可以鍛鍊性情氣質，正如他在《送魯志敏北遊序》中所說的那樣：「方今六合一家，光嶽之氣全，政教之具修。子能不遠萬里，閱寒暑之變更，歷山川之夷險，其間人事之可喜可愕，足以恢弘我警戒我者，則亦何限？矧今縉紳之在館閣者，皆極天下一時之選，又能求而親薰之，是則承乎松栢，近乎芝蘭者。」〔註67〕這裡強調遠遊的作用，主要在於兩點：一是飽覽祖國山川美景，瞭解各地風土人情，開闊自己的眼界，恢弘自己的氣質；二是接觸各地耆舊宿儒，耳濡目染，學習他們的豐富知識和高尚人格。在《送楊顯民遠遊序》一文中，李存還對士子之遠遊提出了更高的要求：

> 君子之遊處也，惟其時義而已矣。昔者孔子自謂東西南北之人，故轍環於天下，求夏之時、商之坤乾而之杞之宋，觀延陵之葬子而往嬴博之間也，善子產於鄭，知蘧伯玉於衛，主司城貞子於陳。南之荊，北及農山，西至於河，凡歷國者七十餘，是皆明王道，窮義利之辨，進德修業，雖老而不休。然則吾黨之遊者，苟不志於孔子，不如其已也。

李存以孔子爲例，說明遠遊一方面是要借天地江山之助提高自己的道德修養，另一方面，更是要通過自己的積極努力，闡明王道正義，改善社會人心，甚至進一步影響國家政治：「方今朝廷清明，海內爲一，政治之或有未盡合於古者，膏澤之或有未盡下於民者，草萊布衣之徒，雖無其位，皆可得而言也。」〔註68〕這裡也可以看出，李存雖然隱居不仕，卻始終關注著國家政治的發展走向，說明他口中所謂的「隱」，不僅不必絕俗，而且不必避官。

〔註66〕 （元）李存《贈陳彥清序》，《俟庵集》卷十九，清《文淵閣四庫全書》本。
〔註67〕 （元）李存《送魯志敏北遊序》，《俟庵集》卷二十，清《文淵閣四庫全書》本。
〔註68〕 （元）李存《送楊顯民遠遊序》，《俟庵集》卷十九，清《文淵閣四庫全書》本。

　　李存不安於將自己拘於一隅，重視周遊天下的意義，在《送曾伯明遊廬山序》一文中，他曾不無感歎地寫道：「人之生也，果可以不遊乎哉？棲棲乎庭戶之中，而恤恤乎壟斷之間，其能自拔而不至於溺焉者幾希。」李存深知，一個人的生活閱歷往往能決定他的思想境界，整天足不出戶，閉門造車，只會局限自己的眼界和思維，逐漸沉溺於日常俗事而不知自拔，因此他極力提倡遠遊。可惜由於種種客觀條件的限制，總也不能滿足自己遠遊的志向：「然有其志而無其時，吾不得而遊也；有其時而無其資，亦不得而遊也；有其資而或不能不憂乎其後，亦不得而遊也。」〔註 69〕作者空有周遊天下的志向，可惜時間、金錢等客觀條件，總是不能夠同時滿足。至於個中具體的原因，李存在《送高希顏入京序》一文中做了更詳細的說明：

　　　　余兒時亦頗志於遊，嘗慨然慕司馬子長之汗漫。既冠，家甚貧，
　　親且老，遂汲汲於旦莫，而不免爲童子句讀師，因自歎曰『造物者
　　其梏我乎？』久之，而親益老，且病惴惴焉，不忍一日別膝下。未
　　幾，而吾發種種而吾目荒荒。嗟乎，今吾親則既沒矣，嚮之種種者，
　　化而爲白矣，嚮之荒荒者，甚而爲空花矣。由是則苟有告吾以遊者，
　　則必欣然爲之言。〔註 70〕

自己因爲各種原因的限制，已經失去了周遊天下的機會，只能在別人遠遊之際，欣然爲其作序，在別人身上寄寓自己的心事。

　　李存選擇隱居，不是出於對亡宋的遺民情結，也「不是對元朝心存不滿而避入桃源」，主要是追求一種悠閒寧靜的生活方式。他所謂的隱居，也不是將自己與世隔絕，而是在不絕俗世、不避官場的前提下追求心隱，正如楊鐮在《元詩史》一書中所說的那樣：「隱與不隱，主要在於心態。」〔註 71〕這種思想反映在詩文創作中，使得李存的作品文字平淡自然，感情眞實感人，爲元代的隱逸文學增添了濃墨重彩的一筆。

〔註 69〕　（元）李存《送曾伯明遊廬山》，《俟庵集》卷十八，明永樂三年李光刻本。
〔註 70〕　（元）李存《送高希顏入京序》，《俟庵集》卷二十，明永樂三年李光刻本。
〔註 71〕　楊鐮《元詩史》頁 432，人民文學出版社，2003 年 8 月。

主要參考文獻

凡例

1. 劉壎、李存的個人著作，定爲基本文獻；
2. 民國以前（含）史志、年譜、書目等，定爲史志文獻；
3. 民國以前（含）的古人別集、總集等，定爲參考文獻；
4. 今人研究成果分著作與論文兩項，論文又分學位論文與期刊論文；
5. 相關工具書單獨列出；
6. 各項內部排名一以時間爲準：古書依據朝代和作者生年，今書依據出版時間。

一、基本文獻

1. （元）劉壎，水雲村泯稿〔M〕，明天啓刻本。
2. （元）劉壎，水雲村吟稿〔M〕，清道光刻本。
3. （元）劉壎，水雲村稿〔M〕，清《文淵閣四庫全書》本。
4. （元）劉壎，水雲村詩餘〔M〕，清《文淵閣四庫全書》本。
5. （元）劉壎，隱居通議〔M〕，清《海山仙館叢書》本。
6. （元）李存，鄱陽仲公李先生文集〔M〕，明永樂三年刻本。
7. （元）李存，俟庵李先生文集〔M〕，清鮚埼亭抄本。
8. （元）李存，俟庵集〔M〕，清《文淵閣四庫全書》本。

二、史志文獻

1. （宋）袁燮，象山陸先生年譜〔M〕，明嘉靖三十八年晉江張喬相刻本。
2. （宋）俞琰，讀易舉要〔M〕，清《文淵閣四庫全書》本。

3. （宋）方仁榮、鄭瑤，（景定）嚴州續志〔M〕，清《文淵閣四庫全書》本。

4. （宋）佚名，南宋館閣續錄〔M〕，清光緒刻《武林掌故叢編》本。

5. （元）劉一清，錢塘遺事〔M〕，清光緒《武林掌故叢編》本。

6. （元）脫脫，宋史〔M〕，清乾隆武英殿刻本。

7. （明）宋濂，元史〔M〕，清乾隆武英殿刻本。

8. （明）程敏政，新安文獻志〔M〕，明萬曆四十二年刻本。

9. （明）淩迪知，萬姓統譜〔M〕，清《文淵閣四庫全書》本。

10. （明）徐象梅，兩浙名賢錄〔M〕，明天啓刻本。

11. （明）佚名，秘閣元龜政要〔M〕，明抄本。

12. （清）黃宗羲，宋元學案〔M〕，清道光刻本。

13. （清）邵遠平，元史類編〔M〕，清康熙年間刻本。

14. （清）張廷玉，明史〔M〕，清乾隆武英殿刻本。

15. （清）李紱，陸子學譜〔M〕，清雍正刻本。

16. （清）永瑢，四庫全書總目〔M〕，清乾隆武英殿刻本。

三、參考文獻

1. （宋）蘇軾，東坡志林〔M〕，明刻本。

2. （宋）蘇軾，東坡詞〔M〕，明刻《宋名家詞》本。

3. （宋）黃庭堅，豫章黃先生文集〔M〕，《四部叢刊》景宋乾道刻本。

4. （宋）黃庭堅，山谷別集〔M〕，清《文淵閣四庫全書》本。

5. （宋）黃庭堅，山谷老人刀筆〔M〕，元刻本。

6. （宋）黃庭堅，山谷琴趣外編〔M〕，《四部叢刊三編》景宋本。

7. （宋）朱熹，晦庵集〔M〕，《四部叢刊》景明嘉靖刻本。

8. （宋）呂祖謙，古文關鍵〔M〕，《叢書集成初編》本。

9. （宋）陸九淵，象山集〔M〕，《四部叢刊》景明嘉靖刻本。

10. （宋）楊簡，慈湖遺書〔M〕，明嘉靖刻本。

11. （宋）葉適，水心集〔M〕，《四部叢刊》景明刻本。

12. （宋）陳淳，北溪大全集〔M〕，明抄本。

13. （宋）錢時，融堂四書管見〔M〕，清《文淵閣四庫全書》本。

14. （宋）眞德秀，西山文集〔M〕，《四部叢刊》景明正德本。

15. （宋）包恢，敝帚稿略〔M〕，民國《宜秋館彙刻宋人集丙編》本。

16. （宋）袁甫，蒙齋集〔M〕，清《文淵閣四庫全書》本。

17. （宋）劉克莊，後村集〔M〕，《四部叢刊》景舊抄本。

18. （宋）陳起，江湖小集〔M〕，清《文淵閣四庫全書》本。

19. （宋）嚴羽，滄浪詩話〔M〕，明《津逮秘書》本。

20. （宋）徐元傑，楳埜集〔M〕，清《文淵閣四庫全書》本。

21. （宋）車若水，腳氣集〔M〕，民國景明寶顏堂秘笈本。

22. （宋）黎靖德，朱子語類〔M〕，明成化九年刻本。

23. （宋）王霆震，古文集成前集〔M〕，清《文淵閣四庫全書》本。

24. （宋）謝枋得，疊山集〔M〕，《四部叢刊續編》景明本。

25. （宋）謝枋得，文章規範〔M〕，清《文淵閣四庫全書》本。

26. （宋）周密，癸辛雜識〔M〕，清《文淵閣四庫全書》本。

27. （宋）文天祥，文山先生全集〔M〕，《四部叢刊》景明本。

28. （元）許衡，魯齋遺書〔M〕，清《文淵閣四庫全書》本。

29. （元）方回，桐江集〔M〕，清《宛委別藏》本。

30. （元）方回，桐江續集〔M〕，清《文淵閣四庫全書》本。

31. （元）方回，瀛奎律髓〔M〕，明初刻本。

32. （元）劉辰翁，須溪集〔M〕，民國胡氏《豫章叢書》本。

33. （元）王義山，稼村類稿〔M〕，清《文淵閣四庫全書》本。

34. （元）戴表元，剡源集〔M〕，《四部叢刊》景明本。

35. （元）徐明善，芳谷集〔M〕，民國胡氏《豫章叢書》本。

36. （元）趙偕，趙寶峰先生文集〔M〕，明嘉靖趙文華刻本。

37. （元）劉因，靜修先生文集〔M〕，《四部叢刊》影元本。

38. （元）程鉅夫，雪樓集〔M〕，清《文淵閣四庫全書》本。

39. （元）吳澄，吳文正集〔M〕，清《文淵閣四庫全書》本。

40. （元）陳櫟，定宇集〔M〕，清康熙刻本。

41. （元）趙孟頫，松雪齋集〔M〕，《四部叢刊》景元本。

42. （元）袁桷，清容居士集〔M〕，《四部叢刊》影元本。

43. （元）虞集，道園學古錄〔M〕，《四部叢刊》影明景泰翻元小字本。

44. （元）虞集，道園遺稿〔M〕，清《文淵閣四庫全書》本。

45. （元）范梈，范德機詩集〔M〕，《四部叢刊》影元抄本。

46. （元）揭傒斯，文安集〔M〕，《四部叢刊》景舊抄本。

47. （元）揭傒斯，詩法正宗〔M〕，清乾隆《詩學指南》本。

48. （元）劉岳申，申齋集〔M〕，清《文淵閣四庫全書》本。

49. （元）劉壎，桂隱文集〔M〕，清抄本。

50. （元）劉壎，桂隱詩集〔M〕，清《文淵閣四庫全書》本。

51. （元）黃溍，金華黃先生文集〔M〕，元抄本。

52. （元）歐陽玄，圭齋文集〔M〕，《四部叢刊》景明成化本。

53. （元）蘇天爵，元文類〔M〕，《四部叢刊》景元至正本。

54. （元）鄭玉，師山集〔M〕，清《文淵閣四庫全書》本。

55. （元）貢師泰，玩齋集〔M〕，明嘉靖刻本。

56. （元）危素，危學士全集〔M〕，清乾隆二十三年刻本。

57. （元）戴良，九靈山房集〔M〕，《四部叢刊》景明正統本。

58. （元）趙汸，東山存稿〔M〕，清《文淵閣四庫全書》本。

59. （元）楊朝英，樂府新編陽春白雪〔M〕，清光緒《隨盦徐氏叢書》本。

60. （明）胡翰，胡仲子集〔M〕，清《文淵閣四庫全書》本。

61. （明）宋濂，宋學士文集〔M〕，《四部叢刊》景明正德本。

62. （明）程敏政，明文衡〔M〕，《四部叢刊》景明本。

63. （明）王守仁，王文成公全書〔M〕，《四部叢刊》景明隆慶本。

64. （明）郭勛，雍熙樂府〔M〕，《四部叢刊續編》景明嘉靖刻本。

65. （明）戴銑，朱子實紀〔M〕，明正德八年鮑德刻本。

66. （明）許弘綱，群玉山房疏草〔M〕，清康熙百城樓刻本。

67. （清）黃宗羲，南雷文定集〔M〕，清康熙刻本

68. （清）顧炎武，亭林詩文集〔M〕，《四部叢刊》景康熙本。

69. （清）全祖望，鮚埼亭集〔M〕，《四部叢刊》景清刻本。

70. （清）全祖望，鮚埼亭集外編〔M〕，清嘉慶十六年刻本。

四、今人專著

1. 唐圭璋，全金元詞〔M〕，北京：中華書局，1979。

2. 侯外廬、邱漢生、張豈之，宋明理學史〔M〕，北京：人民出版社，1984。

3. 崔大華，南宋陸學〔M〕，北京：中國社會科學出版社，1984。

4. （元）劉辰翁、段大林，劉辰翁集〔M〕，南昌：江西人民出版社，1987。

5. 藍吉福，禪宗全書（第48冊）〔M〕，臺灣：文殊文化有限公司，1989。

6. 鄧紹基，元代文學史〔M〕，北京：人民文學出版社，1991。

7. 徐遠和，理學與元代社會〔M〕，北京：人民出版社，1992。

8. 么書儀，元代文人心態〔M〕，北京：文化藝術出版社，1993。

9. 郭預衡，中國散文史（中）〔M〕，上海：上海古籍出版社，1993。

10. 錢鍾書，談藝錄（補訂本）〔M〕，北京：中華書局，1993。

11. 吳雁南，心學與中國社會〔M〕，北京：中央民族學院出版社，1994。

12. 許總，宋詩史〔M〕，重慶：重慶出版社，1997。

13. 祁潤興，陸九淵評傳〔M〕，南京：南京大學出版社，1998。

14. 程千帆、吳新雷，兩宋文學史〔M〕，石家莊：河北教育出版社，2000。

15. 李修生，全元文（第 25 冊）〔M〕，南京：江蘇古籍出版社，2001。

16. 牟宗三，從陸象山到劉蕺山〔M〕，上海：上海古籍出版社，2001。

17. 查洪德、李軍，元代文學文獻學〔M〕，北京：中國社會科學出版社，2002。

18. 楊鐮，元詩史〔M〕，北京：人民文學出版社，2003。

19. 李修生，全元文（第 46 冊）〔M〕，南京：江蘇古籍出版社，2004。

20. 何俊，南宋儒學建構〔M〕，上海：上海人民出版社，2004。

21. 方東旭，吳澄評傳〔M〕，南京：南京大學出版社，2005。

22. 郭武，《淨明忠孝全書》研究：以宋元社會爲背景的考察〔M〕，北京：中國社會科學出版社，2005。

23. 查洪德，理學背景下的元代文論與詩文〔M〕，北京：中華書局，2005。

24. 吳海、曾子魯，江西文學史〔M〕，南昌：江西人民出版社，2005。

25. 王素美，吳澄的理學思想與文學〔M〕，北京：人民出版社，2005。

26. 陳忻，南宋心學學派的文學研究〔M〕，北京：中國社會科學出版社，2006。

27. 羅立剛，宋元之際的哲學與文學〔M〕，上海：復旦大學出版社，2007。

28. 余英時，宋明理學與政治文化〔M〕，吉林：吉林出版集團有限責任公司，2008。

29. 陳高華、張帆、劉曉，元代文化史〔M〕，廣州：廣東教育出版社，2009。

30. 趙偉，陸九淵門人〔M〕，北京：中國社會科學出版社，2009。

31. （美）庫爾特‧考夫卡、李維，格式塔心理學原理，北京：北京大學出版社，2010。

五、今人論文

（一）學位論文

1. 張東海，元代江西陸學教育哲學思想研究〔D〕，南昌：江西師範大學，2002。

2. 王明建，劉克莊詩學研究〔D〕，石家莊：河北大學，2003。

3. 王劍，方回《瀛奎律髓》研究〔D〕，上海：上海師範大學，2003。

4. 榮平，倪瓚與元代隱逸文化研究〔D〕，南京：南京師範大學，2004。

5. 朱小寧，試論文天祥前後期詩風的變化〔D〕，南昌：南昌大學，2005。

6. 黃義華，吳澄「和會朱陸」的思想研究〔D〕，北京：首都師範大學，2007。

7. 焦印亭，劉辰翁研究〔D〕，成都：四川大學，2007。

8. 於劍山，南宋「甬上四先生」研究〔D〕，廣州：暨南大學，2007。

9. 劉玲娜，論謝枋得〔D〕，重慶：西南大學，2008。

10. 張媛媛，劉將孫研究〔D〕，上海：華東師範大學，2009。

（二）期刊論文

1. 唐宇元，元代的朱陸合流與元代的理學〔J〕，文史哲，1982，（3）。

2. 趙士林，從陸九淵到王守仁——論「心學」的徹底確立〔J〕，孔子研究，1989，（4）。

3. 陳高華，元代陸學〔A〕，元史研究論稿〔M〕，北京：中華書局，1991。

4. 陳奇，明朝前期的陸學潛流〔J〕，畢節師專學報，1994，（1）。

5. 鄧紅梅，陳與義詩風與江西詩派辨〔J〕，學術月刊，1994，（8）

6. 莫礪鋒，從《瀛奎律髓》看方回的宋詩觀〔J〕，文藝理論研究，1995，（3）。

7. 鄧國光，劉壎《隱居通議》的賦論〔J〕，文學遺產，1997，（5）。

8. 孫宏典、王忠閣，元初社會思潮中的返儒傾向〔J〕，河南大學學報（社會科學版），1997，（7）。

9. 鄭紅、胡青，劉壎「悟」論思想探析〔J〕，江西教育科研，1998，（5）。

10. 查洪德，虞集的學術淵源與文學主張〔J〕，殷都學刊，1999，（4）。

11. 張良才，和會朱陸：元代理學教育哲學的特點〔J〕，齊魯學刊，1999，（5）。

12. 鄔烈波，試論劉壎詩論的兼收並蓄傾向〔J〕，江西教育學院學報（社會科學），2000，（2）。

13. 張麗，謝枋得《文章軌範》初探〔J〕，撫州師專學報，2002，（3）。

14. 查洪德，元代理學「流而爲文」與理學文學的兩相浸潤〔J〕，文學評論，2002，（5）。

15. 胡青、張東海，李存的道德教化與道德修養思想探析〔J〕，江西師範大學學報（哲學社會科學版），2003，（1）。

16. 魏崇武，20世紀的理學與元代文學之關係研究述評〔J〕，東方論壇，2004，（4）。

17. 黃黎星，論陸九淵《易》說〔J〕，中國哲學史，2004，（4）。

18. 解光宇、朱惠莉，鄭玉「和會朱陸」的思想及其影響〔J〕，合肥學院學報（社會科學版），2004，（11）。

19. 張如安，傳絜齋心、得慈湖髓——簡論袁甫的實心實政思想〔J〕，寧波經濟：三江論壇，2004，（12）。

20. 周建華，元代理學與江西文學〔J〕，贛南師範學院學報，2005年，（4）。

21. 楊忠，《四六膏馥》與南宋四六文的社會日用趨向〔J〕，北京大學學報（哲學社會科學版），2005，（5）。

22. 魏崇武，論家鉉翁的思想特徵——兼論其北上傳學的學術史意義〔J〕，西南民族大學學報（人文社科版），2006，（3）。

23. 史偉，元詩「宗唐得古」論〔J〕，求索，2006，（3）。

24. 張紅、饒毅，劉壎詩學思想初探〔J〕，中南大學學報（社會科學版），2006，（6）。

25. 石明慶、王素麗，論包恢的詩歌理論及其理學底蘊〔J〕，河北科技大學學報（社會科學版），2006，（9）。

26. 查洪德，元代詩學性情論〔J〕，文學評論，2007，（2）。

27. 孔妮妮，論「心學」思想在劉辰翁詩歌創作理論中的體現〔J〕，合肥學院學報（社會科學版），2007，（3）。

28. 盧萍，宋代安仁湯氏學統源流考辨〔J〕，江西師範大學學報（哲學社會科學版），2007，（4）。

29. 黃強，朱熹：「代聖賢立言」的啓蒙者〔J〕，東南大學學報（哲學社會科學版），2007，（5）。

30. 查洪德，元初詩文名家廬陵劉詵〔J〕，江西師範大學學報（哲學社會科學版），2007，（6）。

31. 陳寶良，明初心學鈎沉〔J〕，明史研究，2007，（10）。

32. 孫利，朱熹對佛老心性思想的借鑒與批判〔J〕，廊坊師範學院學報，2008，（1）。

33. 姬沈育，「宗朱融陸」：虞集學術思想的基本特色〔J〕，中州學刊，2008，（4）。

34. 查洪德，「海宇混一」鼓舞下的元代盛世文風〔J〕，南開學報（哲學社會科學版），2008，（4）。

35. 黃強，朱熹：「科舉制」撥亂反正的理想主義者〔J〕，東南大學學報（哲學社會科學版），2008，（7）。

36. 張帆，元代陸學的北傳〔A〕，鄧廣銘教授百年誕辰紀念論文集〔M〕，北京：中華書局，2008。

37. 劉桂林，淺談劉壎教育思想〔J〕，「《教育史研究》創刊二十週年暨中國教育史研究六十年學術研討會」論文，2009。

38. 焦印亭，管窺劉辰翁文學思想中的「情眞」與「自然」理念〔J〕，貴州文史叢刊，2009，（3）。

39. 杭勇，論陳與義與江西詩派學杜之差異〔J〕，學術交流，2009，（8）。

40. 查洪德，理、氣、心與元代文論家的理論建構〔J〕，文學評論，2010，（1）。

41. 劉成群，元代新安理學從「唯朱是宗」到「和會朱陸」的轉向〔J〕，學術探索，2010，（3）。

42. 王術臻，揚其盛唐本色而抑其宋調——嚴羽對「王荊公體」的解讀〔J〕，語文學刊，2010，（3）。

43. 閆群，竹樹晚涼，星河夜橫——劉壎詩文試論〔J〕，牡丹江師範學院學報（哲社版），2010，（3）。

44. 謝皓燁，論地域文化與元代江西詩學〔J〕，贛南師範學院學報，2010，（5）。

45. 李超，危素文章「太音元酒」論〔J〕，東華理工大學學報（社會科學版），2010，（9）。

六、工具書

1. 朱士嘉，宋元地方志傳記索引〔Z〕，上海：上海古籍出版社，1963。

2. 昌彼得，明人傳記資料索引〔Z〕，臺灣：臺灣文史哲出版社，1978。

3. 王德毅，元人傳記資料索引〔Z〕，北京：中華書局，1987。

4. 昌彼得、王德毅，宋人傳記資料索引〔Z〕，北京：中華書局，1988。